尹芯妍

記憶深處的曲線

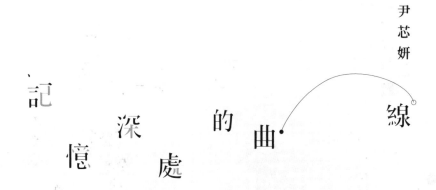

生命，是一個迴紋針，向外的地方是白晝，
向內的路徑是黑夜；潔亮的邊紋放晴，
鑄鏽的彎角有雨。

你會否願意和我一起，於白晝感受陽光的溫度，
在黑暗中與螢火蟲共舞，自晴空中摘下彩虹，
走過細密的雨下，看水滴調皮跳躍？

一切，都隱藏在曲折迴旋的路徑中。

青年創意文學　寫作啟迪人生

都市人生活忙碌，學業和工作已佔據大部分時間；電子屏幕也在閒餘時間奪去不少專注力，讓我們與生活中很多美好事物擦身而過。

寫作，能讓我們安靜下來，梳理思緒，將生活中的喜與憂，化成創作養分。以文字創造自我療癒的心靈綠洲，重新感受生活給予的悸動與感悟——為每天重複遇見的人和事、往來穿梭的景物，賦予新的意義。

本屆「校園作家大招募計劃」的冠軍年輕作者，是來自香港培道中學的尹芯妍同學。芯妍具有敏銳的觀察力，以樸實細膩的文筆，將童年回憶和生活中的微小細節記載下來：運動場上的沙粒、跌落地上的果實、夏日的蟬鳴……從細微處啟發深刻的感受，以至對人生的思考。她的文字，能讓人會心微笑，重拾生活的熱情和溫度。

是屆計劃接獲破紀錄逾三百份報名，讓我們深信持續舉辦此計劃的重要意義。我們再次感謝語文教育及研究常務委員會（語常會）全力支持及語文基金撥款，與本會協力推動青年創作，成就兩屆獲獎作品得以順利出版。本人特別感謝本屆計劃各位導師與評審，為六十位學員提供寫作指導，並選拔優秀的校園作家。

我們樂見本港學界不乏深具寫作天賦與熱誠的青少年，以創意的文筆，書寫人生的美好。本人謹此祝願每人的作家夢最終得以實現。

何永昌

香港青年協會總幹事

二零二一年七月

作者序

我從小非常喜歡閱讀，相對於圖畫，我反而比較喜歡文字，因為它有更多的想像空間。每當我為主角的喜怒哀樂所觸動時，我就會想：要是我也能夠寫出這樣令人印象深刻的故事，那該多好！創作的確令我快樂，每當提起筆，我已經迫不及待地想要將心中所想宣洩出來。當看著紙上密密麻麻的文字時，我似乎看到了自己的倒影，靜靜地躺在白色的平原上，期待能夠有人走來閱讀我的呼吸，扣問我的姿勢。

某天和同學談起了小時候和朋友到處撒野的成長過程，發現同齡人中很少有和我經歷相似的，於是我想，為甚麼不把這些寫成一本散文集？我素來喜歡武俠小說的敢愛敢恨，喜歡科幻小說中的奇幻歷險，喜歡刑偵小說的緊湊離奇……但要說我最愛的，大概就是散文了。散文的靈感來自於對生活長久的領悟，又也許來源於某個瞬間突然的醒悟；而在未迸發出來前，就寄居在小人物、小事件當中。我也希望能夠寫出那種文章，那種帶給人熱情與慰藉的作品。我想把我的心中所想全都灌注在文字裡，希望一天它能傾瀉於某人的眼前。

於是，就有了這本書。

最後，非常感謝香港青年協會專業叢書統籌組舉辦「校園作家大招募計劃2020-2021」，以及語文教育及研究常務委員會（語常會）的支持和語文基金撥款，給了我一個分享的平台。我在活動中獲益良多，感謝各位導師的指導與評審的欣賞。

尹芯妍

「校園作家大招募計劃2020-2021」冠軍

香港培道中學

推薦序一

像燕子叼著一口輕風，投進湖心，在漣漪中顧看自己變樣的影子——這是我讀畢芯妍《記憶深處的曲線》的第一個印象。

芯妍是個不太說話的女孩。平日與她談天，像是對著一面光潔的牆壁說話，僅偶爾會從牆角折返零星的回音；但是每次看她的作品，總感受到一種震耳欲聾的寧靜，彷彿掩上耳朵，平靜就從指縫中湧出來。

由〈微醺沙子〉的童年記趣，到〈玻璃之花〉的生活感觸，乃至〈誰是黃昏〉的人事札記，可以發現作者不過如大多數孩子一樣，在平凡的人生路上忙碌地成長。家庭、學業、人際交往……全都像急躁的陽光一樣催促幼苗長大，最後將在擁有足夠枝葉的樹上切割出模版般的光影，哄騙她說這就是生命的美麗。

然而，芯妍是個安靜的孩子。

她沒有回應陽光，自然也不回應風雨，她只是安然化成一尾魚，時間的洪流在她身邊奔流而過，卻不知道她默默記住了每個海床的沙石，記住了每個泡沫的爆破，記住了每艘船兒從水面駛過時，大海縫合的速度。她自己知道，生命的美麗，並非來自將來某個陽光燦爛的日子；最美麗的時刻，永遠僅會躺臥在，遽然飛逝的記憶深處的一道曲線之中。

陳子星
中文老師
香港培道中學

推薦序二

收到寫序的邀請，對我而言著實是個意外之喜。

知道芯妍要出書的消息後，我震驚之餘也很欣喜。作為她七年的同學兼好友，一直知道她對文學的喜愛和對寫作的熱情，而現在有機會出書，我想是她努力數年積累的回饋和展現。

無論是小學還是中學，我們都曾玩鬧一樣寫過不少「作品」。她曾多次說過想做一名作家，但那個時候我們誰都以為只是玩笑話，畢竟當作家好像是一個不太實際的夢想。對我們這一群普通的中學生而言，雖然一直沒停過手中的筆，但也沒有行動力，認為那夢想實在是遙不可及。偶爾閒聊的時候不免會笑說：說不定就有一個機緣巧合呢？而現在才發現每一個所謂的巧合和機會，都要靠自己努力去抓住和創造——她也終於讓這個夢想變得不再遙遠。

我一直覺得她是一個文字情感很豐富的人，不在於詞藻多華麗，而是能「塵埃裡開花」。

看完散文集，不過萬來字，其實就是生活中的柴米油鹽醋，或成長過程中所經歷的風雨雪，一些普通甚至瑣碎的事件；但就是這些平凡的小事，一枝一葉，也能在她筆下被賦予豐富的情感，在塵埃中開花。

為這本書寫序實在是我莫大的幸福。以讀者的身分看，這本書易讀好看，又不失細膩；以朋友同學的身分看，這本書更是一位摯友通往夢想的階梯和努力的承載。無論以何種身分，我都十分慶幸能夠見證本書的誕生。希望能有更多讀者願意與我一起分享這份感動。

王紫藝
同學
香港培道中學

目錄

第一章 微醺沙子

回憶，或許會在多人的足跡裡變得混亂淺淡，漸漸無跡可尋。

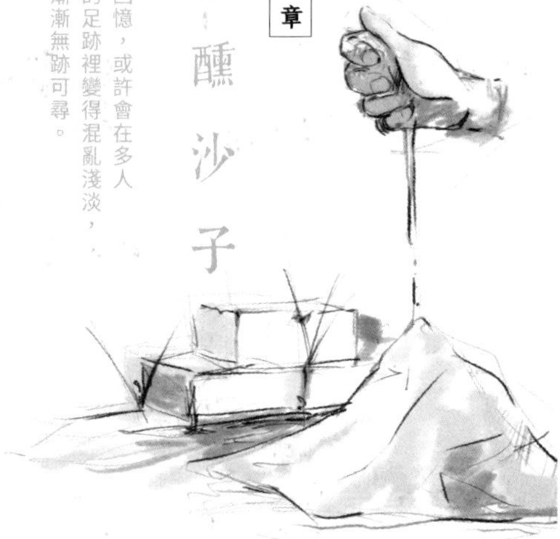

第二章 玻璃之花

人們總說美麗的東西易碎，
可卻沒有教過我們，
剩下破碎的美麗該怎麼辦。

第三章 誰是黃昏

那裡仍留著一條縫，
隱隱能看見陽光透過窗子，
又鑽出門縫的痕跡。

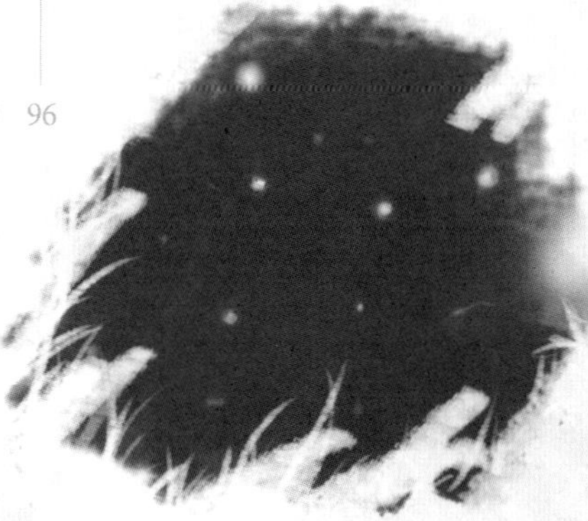

第一章

微醺沙子

回憶，或許會在多人的
足跡裡變得混亂淺淡，
漸漸無跡可尋。

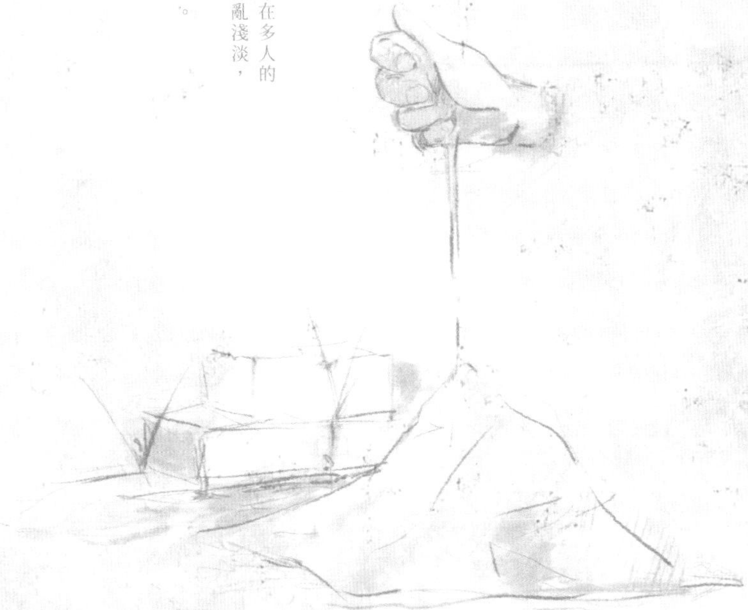

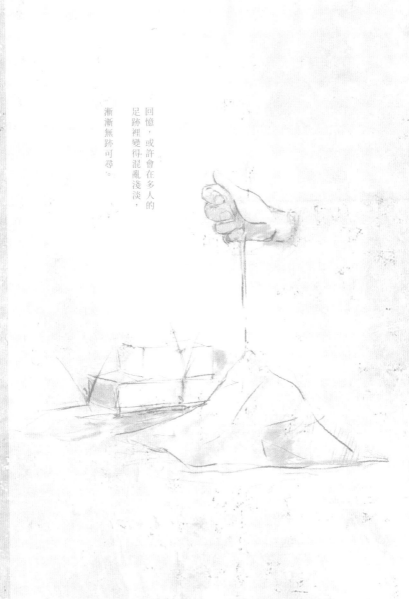

落下

最後一次看到雪，大概是小學四年級的冬天。

那年家鄉的第一場雪降下時，我正身處校園。第一個發現的並不是我，那時正上著課，忽然有同學大喊：下雪啦！全班一起向窗外望去，只見絨毛般的白雪自天空飄落，慢慢悠悠，紛紛揚揚，將整個校園都鋪上了一層白的色彩，那樣潔淨與飄渺。

它們就像是為緊張的心情帶來的緩解，冰涼浸潤了緊張。不知誰第一個站起來笑著往外跑，全班頓時跟上，笑著、鬧著，一窩蜂朝外邊湧去。老師沒有阻止，任由我們衝出教室。

我站在廊內，整個身子盡力往外探去，伸出一隻手，想要接住那些輕盈的雪。我緊盯著一片雪花，看它明明飛落在了掌心，卻又瞬間消融不見，不留一丁點觸感；唯有手心順著掌紋流淌開來的細細水絲。我想，它是的的確確落在過我身上。

不只是我們。我抬眼望去，對面走廊上的班級也全都湧出來看雪。他們笑著，眼裡有光亮。我看著天上降下來的潔白，感覺心靈似乎被洗滌過般明亮輕鬆。

我是喜歡雪的。

我會在下雪時期待地張開嘴，等它們輕輕降落在我的舌尖，這實在是太神奇的一件事了——有人說是甜的，有人說是鹹的。我站了半晌，等到合攏嘴時，卻只感覺到絲絲冰涼，和水並沒有甚麼區別。

年幼的我撇撇嘴，心道這有甚麼好吃的。

以前我是個天不怕地不怕的小女孩，在下雪過後，拉著許多朋友爬上了只比成年男人高一些的低矮屋頂。

那層冰涼的白雪均勻地鋪在起伏的石板上，在光線的照耀下變得晶瑩，顯得那麼潔白無瑕。頭一天下的雪像蛋糕般鬆軟，我瞪著眼睛看了一會，有些不捨地抬起腳踩了上去，踏出一個個腳印。

現在想來我怎麼忍心呢？面對那麼無瑕的白，我居然將腳踏了上去，留下污髒的痕跡。

我的家附近有一個小小的公園，裡頭的小水塘養著魚。冬天時，水的表面結著一層薄薄的冰，卻沒有人敢踏上去，因為那冰是脆弱的，唯有水面看上去那麼堅硬，其實底下的還是水。我忽然想起那些人們，表面看起來那麼堅不可摧，但其實和冰一樣，一旦有甚麼破冰而入，內裡的柔軟於是一覽無遺，區別僅僅在於那層冰的厚度。

那是最冰冷，
也留存在我記憶最深處的曲線。

我也喜歡在球場上用手捧出一個個雪球，和朋友或打雪仗，或堆雪人。我喜歡蹲在地上一下一下地攏著雪，偶爾忽然被雪球擊中，身上留下白色的冰碴；於是我抬手，將手中的「武器」拋出去，劃出一道曲線——那是最冰冷，也留存在我記憶最深處的曲線。

有時戴著手套，有時卻不耐煩，抬起手就去和人鬧；手最後被凍得通紅，冷到極致開始發癢發熱，那股對戰的熱情卻仍不減半分。爺爺奶奶總跑過來截住奔跑的我，擔心地搓著我的手，給我戴上手套。

那些初時柔軟輕盈的雪花落在地上幾日後，再讓人踩一踩，就會變成堅硬厚實的冰塊。小公園裡還有一座矮矮的假山，鋪了一條石階。而沒有石階的地方是濕滑的，落了雪後更是如此。

現在想起來仍覺得很瘋狂。那天某個大孩子找到了被人遺棄的一張涼蓆，於是提議大家坐在那張薄薄的涼蓆上，自幾米的山側滑下去。我也照做，只覺得被顛得生疼；但鞋上蹭上的冰、耳邊震耳欲聾的笑聲與灌進衣領的涼風，是永遠也不會帶著「疼」的。

回想起來，那是多麼放肆而危險的童年。

偶爾，我喜歡跟著朋友踏上結了冰的地面。很滑，讓人站不穩，卻還是很喜歡跑上去找摔，一次又一次。反正厚厚的棉衣能夠將我保護得很好，我樂得和朋友們互相取笑。那些歡聲笑語，正是冬天裡最讓人感到快樂與溫暖的。

如今呢？我去了一個溫暖、不會降雪的地方；我也長大了，這些就只能夠像是發黃的舊照片那樣，埋藏在深深的心底。我們該往前走、往前看，卻不會忘記這些歡聲笑語。

不論身處何處，我仍舊愛著會從天上掉下的白雪，期望著甚麼時候能再像小時候那樣，輕輕抬起一隻手，雪花就能落到我的手掌上，自掌紋淌過，奉獻一抹冰涼。

沙

沙，這個再平常不過的東西，橫跨了我的整個童年。幼時住的地方近似小村子，在這個範圍內總可見到一堆堆的沙子和七零八落的紅磚。

丘形的小沙堆，每每午時頂著陽光看它，都覺得似黃金那樣閃耀，泛著晶亮的、刺眼的光芒。有時它也是熱的，將小小的手掌按上去，會感覺到或熾熱或溫和的熱度。

我從小也不是甚麼講究的人。從前不像現在那樣有許多塑料的鏟子、沙桶供小孩子玩耍。我從沒有用過那些東西，不知道會不會比直接用手好玩，但我想，這樣豈不失了真？大自然的造物卻用人造的玩具來玩耍，反而失去了手掌觸碰自然的親切。

不，不止手掌。我喜歡蹲在沙堆旁，捧起沙子，看它一點點自掌隙流逝——偶爾不小心，就進了鞋子。說不上來甚麼感覺，有些難受；腳底踏在幾顆、或許多顆沙上，那種感覺確實不能說是舒服，但它也像是夏天的烙印，永遠地留在了腳底的觸感上。似乎鞋裡不經意進了沙，就能回到許多年前的夏天。

當然，大多數時間都是拉著朋友一起。小孩子玩這些哪有甚麼規矩——沒一會兒就開始天女散花般捧沙亂揚，免不了頭上、身上又要落下沙。現在想來，也許我曾把它們帶回家，其中幾顆甚至在家久住。

不止是家附近，學校也有沙。那是運動場，旁邊是二百米的大賽道，我們就在一旁跳遠用的沙池裡堆沙。一開始還只是「堆」，後來我不認識的朋友的朋友教我們挖起了坑。

挖沙有甚麼好玩的？我嗤之以鼻，於是只在一旁看著，過了一會就走開自己玩了。

但當我再次回頭，我卻被他們驚呆了。

好深的沙坑——或許該稱之為洞。我目瞪口呆地看著朋友的朋友往洞裡伸進一整條手臂，甚至肩上都沾上了沙；再看他捧出一把潮濕帶水的沙，驚訝得無以復加。

我的指甲開始泛黃，變得乾燥，

這就是它留在我身上的印記了。

真的！這麼多年，我從未見過這樣的玩法。沙子能怎麼玩？不過是堆、撒，幾時見到過挖的？更別提這麼深的一個沙坑。我忽然對那人肅然起敬，不敢再輕視那些「無謂的坑」；儘管它們其貌不揚。

成長總是發生在不經意的時候。幼鷹學飛時墜下懸崖只需一瞬，從此學會了翱翔於空中；而我突然學會了挖坑，學會了尊敬。

於是我開始熱衷於刨沙。每次捧出濕冷的沙堆，心都是興奮雀躍的。我的指甲開始泛黃，變得乾燥，這就是它留在我身上的印記了。它的顏色，是我曾和它親密無間的證明。

很想找一個人，和他聊聊曾經的熱度、瘋狂、愜意，可是四下環顧——

弟弟拿出了手機，變得無比專注；妹妹捧出了平板，變得安靜如雞。這腔滿懷激昂的回憶該跟誰分享？那樣的夏天，那樣的溫度，那樣的痕跡，混著蟬鳴與笑鬧的畫面，又有誰能理解？

它會在我的肚子裡發酵，變得加倍香淳的吧。希望日後我還能想起它，再一點點將它勻出來，一品經年的芳香。

鞭炮

好像並不怎麼痛，而是麻；
右手食指和拇指的指尖一瞬失去了知覺，
被炮炸成了灰色。

人在家裡坐著，不知道為甚麼忽然想起煙花。大概是因為弟弟妹妹吧，最近他們總愛模仿煙花衝向天空的破空聲，和炸裂瞬間的響動。我好像也許久沒有看過煙花了，於是聽著

小孩子模仿出來的聲音，回憶著煙花的樣子。

想著想著，忽然想起小時候曾親自放過煙花；不是那種點燃了放在地上就會自己往天上

衡的，是一根長長的棒子。怎麼點燃已經不記得了，只記得我拿著它對向天空，就會陸續有許多煙花自另一端噴上高空，像平時所見過的煙花那樣炸響、散開。雖然不及精心設計的漂亮煙花華麗，但它讓玩的人多了一份自豪。那時我簡直就想對著天空大喊：「看啊！那個煙花是我親自拿著放上天空的！」

應該是過年前後吧？不止這一種，還在衡陽的時候，每到這個紅紅火火的喜慶節日，我都會吵著要買很多不同種類的煙花，但其實自己都不敢放。比如「仙女棒」（我很久之後才知道這個名字），點燃之後會像煙花那樣燃出四散的火花，幅度很小，可以拿在手上。而讓我驚恐的也是這種看起來很危險的炸法，愈燃愈短、愈接近手指，好像快燒完的時候離手指近得可怕。

最害怕的還不是這個，是一種我自己也說不上名字的煙花——放在地上點燃，隨即它總是會像少了一邊噴射器的飛機那樣在地上旋轉，偶爾還會亂跑；我在好幾次被它爬上腳背後就說甚麼都不敢再靠近（雖然沒有受傷）。最近我才在和朋友的交談中得知，原來正常情況下它會旋轉著飛起。我只能說，我的運氣實在是不好，竟從來沒有見過它不在地上打滾的模樣。

不過，運氣背到這個程度，說不定是一種福氣呢？塞翁失馬，焉知非福嘛。

那時候還小，關於這些的印象已經淡了，只模糊記得很多種煙花，這些煙花讓我害怕。真正玩這些玩到「風生水起」，要到我去衡山之後了。

除了中學，我還沒有任何一個階段在同一間學校度過；比如光是小學就曾在四間學校就讀。我小學二年級時到了衡山，那之後似乎沒有這樣多種類的煙花了，取而代之的是鞭炮；我還是只敢玩不用火的那一種，叫摔炮。顧名思義，是狠狠地摔在地上就會炸響的炮。這種炮簡直適合所有人，安全又好玩。其實我更想玩的是另一種，朋友叫它做刮炮。這種比較危險，在包裝上的一層物質上刮過後會短暫起火，隨後才爆炸。

但當我再大一點時，玩這些簡直是爐火純青；不但不再畏懼在離手指一寸多的地方燃起的火，更學著比我大的孩子，等到火焰熄滅了就投進公園的水池裡，製造在水裡炸響的「水炮」。

那時總喜歡到家附近的一家小店買東西，裡面的東西便宜得很，大多都是五毛錢和一塊錢；那些炮也都在五毛錢之列。我那時總是喜歡找正在打麻將的奶奶討錢，有時一塊，有時五角；十塊錢對我來說簡直就是天價。如果沒記錯的話，直到現在，我故鄉的床墊下仍有好幾塊錢。

東西做得多了總會有次品，我恰巧碰見過一回。那回我正和一幫朋友玩鬧，又跑到公園禍害那早已不清澈的水池。像往常一樣，我等著刮炮的火焰熄滅，隨即想把它拋進水裡——可是還沒放手，它就炸響了！

現在想起來真是不可思議。雖然小小的，但也是炮啊！就這麼在我的手指上炸開了。到底是甚麼感覺已經淡忘了，好像並不怎麼痛，而是麻，右手食指和拇指的指尖一瞬失去了知覺，被炮炸成了灰色。我沒來得及反應，甚至沒有哭。天，我那天到底死了多少細胞？

小時候的快樂怎麼如此簡單？如今一盒炮、十塊錢，已經不再能讓我狂喜。我要到甚麼時候，才有真正快樂的那一天呢？

火

其實香港最初給我的印象，是從未見過的小心翼翼。來到這裡時，我還沒有從瘋玩瘋跑的學校生活中回過神來，曾經驚詫於所就讀學校的校規之嚴厲：不許奔跑；大概是怕高速運動時剎不住車，可能會撞上人吧。

在以前，誰管你怎麼跑怎麼跳，又是怎麼愛玩？

細想起來，我已經很久沒有碰過火了。

這就又該說到那個看著我成長的公園了。仍舊是那座假山，它被綠色的植被裝點著，蜿蜒朝上的石階兩旁種植了許多竹子，無論何時都泛著富有生命力的綠意盎然。而那些竹葉，總有掉落到地上的枯黃落葉；這些已經失去了生長能力的竹葉，就會被我們這些頑皮的孩子拿來生火。這樣的活動時常會在假山上舉行——似乎孩子並不缺途徑得到危險的打火機。

山體向下傾斜的兩側落滿了落葉，因為乏人打理而堆在一起，像小山丘似的鋪滿整個山坡。我們總會伸長手臂，奮力地想要盡量抱起足夠多的落葉——僅僅是這樣而已，就已經足夠滿足。

大概危險只屬於童年吧。
既然長大了就要變成害怕更多東西的人，
為甚麼不趁初生之犢不畏虎的年紀去好好瘋一把呢？

接著不知道是誰掏出打火機，點燃了那堆收集起來的「燃料」。橙色的火焰漸漸竄高，帶著熾熱的溫度。我似乎很喜歡看著一些東西慢慢燒盡，總愛用手拿著樹枝或落葉去引火，看著那團攢動的火苗一點點侵蝕我手上的物件。那時或許是覺得，沒甚麼特別的、隨處可見的火，竟能夠在這麼短的時間裡將一件東西燃盡。而近距離看這種消逝，總是覺得分外興奮；就像家養的蠶一點點啃食我手中的桑葉那般，雖然沒有生命，卻給了我一種近似生命的喜悅。

進行這種危險的活動總是要付出代價。我的左手背上，小指和手掌交界的骨節處有一塊小疤，是被高溫灼傷的。我還記得，有人發現小吃部那種父母不讓吃的零食的包裝，燒起來特別久，不需要費心去找燃料了。於是我又跟著一大幫人去收集這些包裝，然後燒來玩。的確很好玩，包裝裡有很多食物餘下的油，能燒好一會，或許不是那麼久，記不清了，反正比在樹枝或枯葉上「活」得久。我坐在不知哪兒的階梯上，看著地上正燃著的包裝袋，一時沒注意別人的舉動——有一個孩子正從我身邊經過，手裡抓著一小截樹枝，另一端挑著點燃的包裝袋，滴著油，正巧滴在我擱在地上的手背上，於是就多了這麼一個印記。

但我仍舊沒有悔改，仍舊偶爾跟著朋友上公園的假山上玩火。我還記得紙巾是當時最不敢點的，或許因為它柔軟而單薄，實在沒有甚麼能讓火吞噬；因此只需一瞬，火光就蔓延到手上來了。幸好我還是個孩子，還懂得害怕，在看過別人點燃紙巾時如此驚險的一幕後便不敢嘗試，否則估計手指上又要新增一塊疤。

可是在香港，火實在是稀有。我已經很少見到那束會向著高空直竄的火了，並且已經完全變成了正常人；偶爾看到打火機，一想到按下那個開關就會有火跑出來，我心底竟然有些發怵。

大概危險只屬於童年吧。既然長大了就要變成害怕更多東西的人，為甚麼不趁初生之犢不畏虎的年紀去好好瘋一把呢？

溜冰鞋

我忽然就想起了那雙淺黃色的溜冰鞋，帶輪子的；隨即卻想不起它的下落，在記憶裡追溯半晌，終於想起來，它放在了我站在地上所不能及的高櫃裡。

說起來，它陪著我也有好幾年了。雖然不可能從小到大都只穿著這一雙，但每次看到它，我都會想起那些穿著溜冰鞋晃蕩的日子。

大概是那雙溜冰鞋吧，令我想起了
熟悉的觸感與獨特的自由快意。

有時是一個人，漫無目的、百無聊賴地滑著；有時是一群人，喧囂著一齊朝某個方向較量速度。

我總喜歡和男孩混在一起，不是因為喜歡和他們玩，女孩玩的過家家我實在沒甚麼興趣，於是只好跟著一起跑跑跳跳。許多人都有一雙屬於自己的溜冰鞋，大家偶爾約好了一起穿著溜冰鞋出來玩，追逐打鬧很是恣意。

現在想來，總覺得街坊鄰居關係好得不可思議。那時大家都住得很近，房子都是沒有電梯的矮樓，最高就只有六層，一棟一棟連在一起，平整得像是被刀整齊切過的豆腐塊。大家都很熟稔，樓層又不高，於是想要找誰玩了，先在樓下大喊幾聲朋友的名字；這之後要是沒有人回應，就直接串門了。

我有點兒想念這種生活，可以毫無顧忌地大聲呼朋喚友，任性地找來一群孩子陪自己玩。

一群人每天在平地上滑著溜冰鞋，這樣一定是沒有樂趣的，更何況參與者是一群男孩外加兩三個女孩。於是不知何時起，競速到無趣的時候，一班人馬就集體去「挑戰自己」。

我技術尚可但沒有膽子，於是只好慢慢來，盡力跟上大班人馬。先是籃球場上的斜坡——這是對我最友善的坡了，水泥平滑得看不出一點坑窪或凸起，坡度也不算大。我從上面滑下來已經沒有問題了，於是開始跟著挑戰第二個大坡。

我沒有向任何人學過這些，或許因此一直用錯誤的姿勢踩著溜冰鞋。我報廢過好幾雙鞋，要麼是輪子的一側磨損至不能穿下去，要麼直接被我踩掉一個輪子。還記得那輪子是玩的半途中掉下來的，四個輪子，少了一個就不平衡了。我的腳尖一翹，整個人就摔在了地上。

天哪！我看著朋友們繼續快樂地穿著溜冰鞋你追我趕，我卻因為那雙報廢了的溜冰鞋而不能跟著一起飛馳，那時候真是焦急得要命，憤恨得要命。

第二關，那是最難的了，比籃球場的更傾斜，而且路面不平，坑坑窪窪，且有些樹上掉下來的樟樹果子和樹葉。

我還記得往下滑的時候，腿一動都不敢動，僵直地等輪子受地心引力牽引著往下滾去。速度愈來愈快，愈來愈快。路面的凹凹凸凸直震得我腿麻，可又不能停下，要是沒處理好前衝的慣性，說不定直接就摔了個狗啃泥。

不知道為甚麼，當年那個小女孩死要面子，硬是沒試著停下，只是把身體愈壓愈低。最後平安無事地衝到了最下面，那種心情真難解釋，自豪，挑釁，快樂，滿足……要知道，那裡有很多男孩子都沒能下來，那顆小小的腦袋一定覺得自己了不起極了。

再後來，甚至敢在這條無數人摔過的路上加速衝下去，還是很瘋狂的；現在的我或許已經沒有這樣的膽量了。

且不論多久沒有練習了，基礎總在，但很奇妙地，我發現即使當初覺得自己的溜冰鞋玩得「爐火純青」，還是不能好好地駕馭那種真正在冰上滑行的運動。每次站在冰上，我總覺得似乎邁開一步，那片脆弱的鋼鐵就會抓不住冰，狠狠地擦過濕滑的冰面，把我帶倒在地。

雖然還是能在冰面滑行，但與滑輪完全不是一樣的感覺——那種不用害怕自己會摔倒的安全感和放鬆，和在時時繃緊的冰面上完全不同。

走在公園的路上時，偶爾會看到穿著溜冰鞋踉踉蹌蹌的孩子。我心裡總有一種衝動，想要換上溜冰鞋，在那孩子面前飛快地遛幾圈，讓他看得目瞪口呆；然後再手把手教他，再恨鐵不成鋼地急上一會。

為甚麼？我和他們一點關係都沒有，甚至不認識。大概是那雙溜冰鞋吧，令我想起了熟悉的觸感與獨特的自由快意；是這一雙樣式不同、卻構造相似的鞋，把人與人間的距離拉近了、串在了一起。

我踩著凳子，艱難地打開高櫃，把放置了許久的黃色袋子拿下來。幸而放在櫃子裡好好保存著，並沒有積灰。我已經迫不及待地要穿上它去「滑盡天涯」了。

遲

我有段時間總在跟弟妹吹噓，我小時候沒有玩過玩具，並嘲笑他們塞滿玩具的抽屜。

還真有臉說，我現在想起來免不了要嘲笑自己一番；怎麼可能不玩玩具呢？只是那時與自然的關係比他們要好，「玩具」都不需花錢來買而已。

「跳飛機」這樣的遊戲想必也是許多人的回憶吧。我家附近有的只是水泥路，灰禿禿的一片，於是要玩只能自己畫。怎麼畫？用「筆」。

這「筆」，其實是一種土黃色的塊狀物。它到底是甚麼東西，其實還有待考究。那是一種比泥土堅硬，卻比石頭柔軟的物質，土黃色的，只需輕輕的一下，便可以像粉筆那般在平地上留下痕跡。我不知道它到底是柔軟的石頭，還是堅硬乾燥的泥土；那時年幼的我只知道，它曾讓我感到驕傲。不是所有的黃色石頭都可以拿來用的——我不厭其煩地教我的小伙伴。她們總是分不出哪些能夠在地上留下痕跡，哪些不能，總要在水泥地上劃過才知道。我卻可以一眼看出來，那真是種說不出來的快樂，似乎是為能夠成為別人的老師而高興。

家門口有許多花壇，偶爾幾片深色的泥土自綠葉與鮮花中露出，像是淺色畫布中的濃墨重彩。我喜歡在那片泥土旁彎腰屈膝，用指尖挑開或大或小的碎石，仔細地尋找著「筆」。

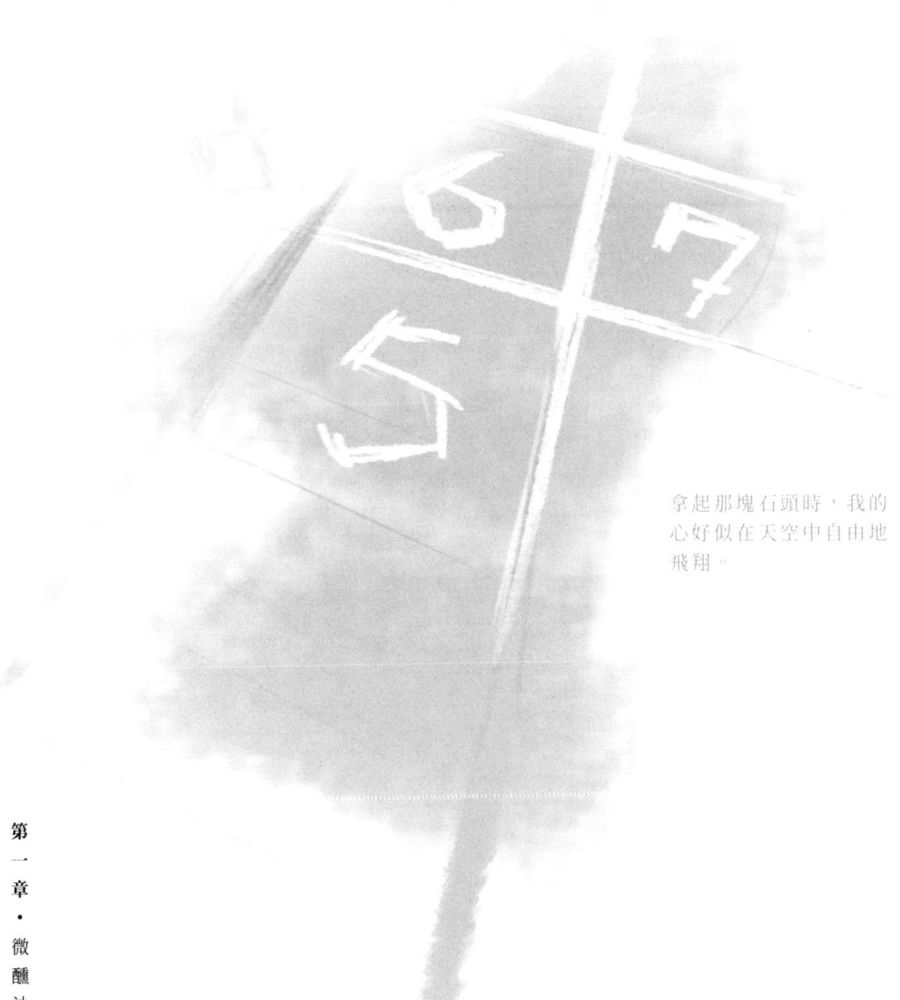

拿起那塊石頭時，我的心好似在天空中自由地飛翔。

每次都要辛苦地蹲在泥地裡摸索一番，這樣過後連玩的興致都減少了大半。於是某天，我突然開始收集起這種石頭來，並且樂在其中。每每從那個大袋子裡取出石頭，心裡都是欣喜的。我也不知道到底是甚麼心理，但我的確從鼓鼓囊囊的袋子裡得到了塞滿胸腔的滿足。也許，孩子的快樂都是如此簡單而天真的吧。

奶奶問我，你到底在找些甚麼？我說，花壇裡有時候會隱藏著對我來說堪比寶物的東西，其實也是它，那種黃色的石頭。偶爾挖得深了，會看到一大塊這樣的顏色，微微異於泥土的顏色。雖然歡喜，卻也是很難挖開的；每每能夠挖出一大塊，我都會捧著它開心好半天，蹭得整個手掌都染上了一層淡黃。

我好久沒有那樣捧著它了。

其實我畫的「跳飛機」並不好看。頭幾次小得像是給洋娃娃跳的，甚至不能把自己的一雙大腳完完整整地塞進去，只能換個地方繼續彎腰畫我的小格子。一遍又一遍，終於像樣一點了，於是我會到處找朋友，和她們一起玩。

有時喜歡畫畫。一大群孩子聚在一起，在灰色的地上留下自己喜歡的圖畫，或奧特曼，或凱蒂貓，或葫蘆娃……拿起那塊石頭時，我的心好似在天空中自由地飛翔。我愛畫卡通，愛畫公主，愛畫我那小女孩的腦袋所能想到的一切浪漫。雖然想起時或許會覺得羞愧，但誰沒有一段稚嫩青澀呢？

說來奇怪，每次留下黃褐色的痕跡後，下次就尋不到蹤跡了。即使還留在那裡，也已經淡去，一如回憶，屬於某段時間的那一份，或許會在多人的足跡裡變得混亂淺淡，漸漸無跡可尋。

但關於這些小小的石子的回憶，可能是畫得太用力了，讓我太快樂了，也還沒有被許許多多的足跡掩蓋，於是留在了心裡。

某年的暑假，我回到久違的故土時，沒有馬上想起它和它留下的各種圖畫，反而每天吵著要去游泳、逛街。我變成了一個再普通不過的愛消費的女孩。直到一天坐在石凳上發呆，目光直愣愣地戳到了回憶裡一般帶熱氣的水泥地上，忽然覺得這片單一的顏色上，可以增添一些色彩。我想了很久，那色彩是甚麼？

在腦袋裡追尋那一點點記憶的尾巴，實在是很痛苦的一件事情。苦於一直想不起來，我乾脆不再去想。下午正吃著飯時，我忽然腦中靈光乍現，差點沒能按捺住自己，就這麼含著一口白飯衝出去，迫不及待地衝到樓下的花壇邊，不顧泥土沾上肉色的指尖，在一片深色裡翻找著。

三分鐘，五分鐘，十分鐘……腿都開始痠麻了，卻絲毫不見記憶中的顏色和質感。我略感失望地停了手，坐到早上坐過的石凳上休息。

沒有了啊，那些充當過畫筆的石頭。

就像小孩經過開花的鐵樹，漁民撈起抹香鯨的龍涎香；一個不以為意，珍貴的東西就過去了，待到追憶時才後悔莫及。

愛上運動場

我喜歡跑時運動鞋微微陷進膠裡的感覺，
頭髮向後飛揚，風從耳邊呼呼刮過，
身體拼盡全力的快意……

小時候很喜歡運動場，那個紅色中夾雜著筆直白線、踩上去會將白鞋底也沾染成紅色的運動場。

我愛它甚麼呢？要真細細琢磨，也許是站在紅色膠跑道上被注目的自豪，也許是因為能夠恣意揮灑汗水，也許是場外激昂震聲的口號與喝彩……記憶中的它總是映著陽光，微微燙熱著，將一切快樂的、失望的，盡數收納到那膠粒的縫隙裡。那時，人真的可以甚麼都不想。

幼稚園是一間跳水學校，那是關於運動最早的記憶。大概是為了從小鍛鍊學童體力以便日後跳水（不過我沒有留到足夠跳水的年齡就轉學了），我跟著同年級的大班人馬，讓老師趕著在游泳池邊拼命地跑。

印象最深刻的其實是小學，緣由已經忘光了，總之突然有一天，我就去參加四百米的賽跑了。對於那時的我來說，這帶來的抗拒並不亞於現在讓我跑一千五百米。我記得，另外還有一個相識的女孩和我一起。

本來還在想著輸贏，想著一定要為班級爭光，但開始跑了後，大腦就全然放空了。小學的跑道只有二百米，這意味著我需要跑兩圈——這是多讓小學生崩潰的事啊！腿邁著邁著，剛才裝進腦子的打氣、毅力，就被自己有些喘不上來的氣像雲一樣吹散了。

累極了，想停極了，但還是知道不能停，於是像隻烏龜那樣慢慢地、慢慢地，用自己覺得已經最快的速度向前蹭著。

我已經注意不到四周了，只盯著終點，希望能夠快點跑完。突然，耳邊傳來一聲炸雷：

「芯妍！芯妍！」

我看向聲音來源，是那時的數學老師。她焦急地衝我揮手，幾步趕上來，在跑道還要裡面的草坪上小跑著，略微先我幾步。她說：「別停！接著跑！」

混沌的腦袋有了一絲清明，但也再提不起勁加速了，就著原本的速度接著跑，只是沒了想要停下的念頭。

最後拿到了第一名。

跑完後，我幹了甚麼已經不記得了，似乎恍惚了好一陣。那之後，我聽其他老師說差一點就沒拿到第一，因為我們班的另一個女孩在最後開始加速，不過還是沒能衝上來。

我慶幸、感激，如果沒有那個陪我跑了一圈的老師，我大概沒法得到此殊榮了吧。

大概是這個時候愛上它的。

後來還參加過扔壘球比賽，也拿過第一，甚至破了學校的紀錄。但當田徑隊來邀請我的時候，我拒絕了，理由是要轉學。

轉學後的第一個陸運會，我報了六十米短跑。初賽時我依舊衝在第一個，那時心裡的驕傲滿得幾乎要溢出來；但決賽時，我只拿到了第六名。說實話，是有些失落，不過許久沒有再練習，這樣的結果似乎已經不錯了。

但田徑隊依舊來邀請我，這回，我答應了。

這之後，我慢慢長大，看著那些小小的孩子從身體裡爆發出巨大的力量，而我卻不知為何再也沒有進步過。我看著他們揮灑汗水，帶著笑意的疲憊的臉，有一種深深的、難以形容的淡淡悲哀，夾雜著喜悅。哀為沒有把握好，不知怎麼失去了的速度；喜為後生可畏，要知道那些矮我一個頭的孩子裡，好幾個都跑得比我快。

從未像這樣真切地感覺過「長江後浪推前浪，浮世新人換舊人」。他們會代替將離開學校的我們，把學校的體育成績提高的吧。

至於我，其實還是喜歡跑步，喜歡運動場；但已經不再希望和人比，然後贏。我喜歡跑時運動鞋微微陷進膠裡的感覺，頭髮向後飛揚，風從耳邊呼呼刮過，身體拼盡全力的快意……

猝不及防

那是甚麼？

是兒時空曠迴盪的笑語，忽然輕靈地飄上了心頭，縈繞著舊時的記憶，拉扯著，像把絲線從針眼的這頭穿到那頭，牽到了那一點點尾端，再一拉……

從來沒有這樣突然地憶起甚麼東西來，在半夢半醒間，在幽暗的房間裡，在閉上的眼皮下。

原來還有這樣一段不知為何被遺忘了的記憶，終於突破了重圍，於是忽然從腦袋裡蹦出來了。

家鄉那兒有很多樓，有人住的、沒人住的、學校、辦公樓，一棟棟總是不缺。那時沒有甚麼講究，我或是領頭，或是跟班，總愛和一群孩子走街串巷，好不禮貌地到處穿行。有時偷偷跑到人家的辦公室玩捉迷藏，有時跑上曾經是學校宿舍的居民樓，甚至讓人帶著爬上樓頂去。

浮上來的記憶和著聲音，漸漸清晰起來。那是哪呢？大概是辦公樓吧。恍惚間，我竟好似捲進了通往兒時的漩渦，猛地置身其中，暈暈乎乎不知今夕何年。不知為何，我想不起來

它是輕薄的，承載不了我太多年月，
讀來卻生出一種莫名的落寞。

這究竟是在熟悉故土的哪兒。惴惴不安地走出去，卻見不到外面是甚麼樣子，只一片灰蒙蒙。

怎麼會這樣？我想，大概是或瑣碎或重要的事沖淡了吧。我只好拼命地想，希望能從腦袋裡挖出一點甚麼，那樣努力、那樣希望能夠想起來一點甚麼。

為甚麼呢？是不願丟失記憶的不甘，還是想到忘記帶來的惋惜，抑或記不起甚麼美好事物的失落？

終於我想起來，這是在那個有假山、有水潭的公園旁。

慢慢地，我想起這辦公室的空曠與寂靜。或許這裡從前是有人的，或許在晚上是有人的——我不知道，但我知道在白天，偶爾充滿著的只會是稚嫩的嗓音。

這裡有一個聳人聽聞的傳說：二樓有會吸血的蝙蝠，至今仍舊在那安家。於是，不管朋友怎麼嘲笑邀請，我也從不上去。我還是信著這句傳說，想像著青面獠牙的怪物，奉著那未曾改變過的敬畏，敬畏那棟樓，敬畏它留在我記憶裡的模樣。

我想起來了。但釋然過後，又有奇異的感覺蔓出來，自那麼久以前的時光淌來，慢慢地到達現在，成了摻雜著過去和如今的一頁紙，沾染了茫然與慌張。它是輕薄的，承載不了我太多年月，讀來卻生出一種莫名的落寞。

毫無預兆地開始想念了。想念那裡的風情習俗；想念奶奶準備好的一大盆包糉子的糯米，它們曾填滿我咕咕叫的肚皮，還有那雙略粗糙的手掌，曾輕柔地撫過我的臉頰；想念一起瘋了好多年的朋友，是他們陪我上躥下跳，陪我折花摘草；想念在屋外吵鬧不休的麻雀；想念水塘裡扭動的蝌蚪；想念一年一層漸漸鋪起來的溫情與熱鬧……

怎麼忘記的？又怎麼能忘？

這裡的花是和那兒一樣開法嗎？我快要忘記了；這裡的空氣和那兒是一樣的嗎？我快要忘記了；這裡的天空和那兒一樣藍嗎？我快要忘記了。

何時，才能夠回去看一眼呢？

可是我想，我還是應該往前看。再怎麼想，
我也應該強迫自己跳出來，跳出回憶的小圈，
也跳出囚禁自己的小圈。

人總是要迎向未來的。

密碼本

去逛二手商店，無意間看到了一本密碼本。它只有差不多手掌大，封面是一隻龍貓。

看到它時，我的眼睛亮了起來，我已經太久太久沒有看到過密碼本了。我俯身將它拿起，還是熟悉的質感。外皮是硬的紙板，那塊製作並不精細的藍色塑料鎖掛在右手邊，我好像正透過它觸碰過往的年月。

一樣的粗製濫造，但那時的色彩與卡通似乎豐富得多，甚麼公主、喜羊羊……看得小孩眼睛發直。一本只要極低的價格，幾塊、一塊、甚至五毛，記不清了，只記得我很喜歡它，但並不是因為它能夠保密——那時的我有甚麼會拒絕與大人分享呢？或許只是喜歡五彩的封面，又或者是學著大人的樣子，假裝有所謂的「私人空間」，在學校裡接受同學好奇的目光，享受這種儀式感而已。

小時候總想成為大人，長大了卻總想回到過去，人真是很奇怪的生物。

手中的這一本僅要五元。我買下之後，紀念性地寫下了今天的日期，接著將它好好地收了起來。

孩童時期的我太不成熟，總讓它無法發揮真正的用途。我記不清到底將它買來做甚麼，

那是童年專屬的憧憬及天真，還是不要摻入大人的思想去打破的好。

但仍能想起拿到本子後將它打開時的難耐與興奮，儘管並沒有甚麼祕密可寫。還有那買家看過就失去用處的密碼貼紙，我將它撕下來時的緊張與愉快。這樣，它就徹底屬於我了。

真正讓我愧疚的是，我從來不記得它們其中任何一本的下落，也許落在了哪裡，也許讓我不小心扔了。買來一本，打開、關上、撕密碼，接著是愛不釋手地反覆開合，這之後就再沒有印象了。

再看到這樣花花綠綠深得我心的小本子，我會求著家人再幫我買一本。

回憶到一半，我忽然想到，我這次又把它買回來幹甚麼呢？我不是經常不理性消費的人，這次卻不假思索，大概是把它買來，卻沒有讓它發揮應有的作用因而愧疚.，又或許是觸「物」

生情，於是想要彌補和紀念甚麼似的，把它帶回了家。

我重新拿出那本花了我五塊錢的本子，手指摩挲著光滑的封面，一邊思考著我能在裡面寫下甚麼。

秘密？它似乎讓人有些不敢信任。鎖住它的只是一個小小的塑料鉤子，且只有兩位密碼，實在容易讓人破解。其實要防備的並沒有那麼多，不過我知道，愈是鎖得緊、不讓人看的東西，人就愈是想看，比如家裡活蹦亂跳的弟弟妹妹。

但換成其他的甚麼，又沒有意義了。

思考半晌，我驚覺自己竟沒有甚麼想往裡面寫。不過這樣似乎也不錯，人長大了，往往不復天真爛漫，能信任幾個數字和塑料鎖的年紀已經過去了。那是童年專屬的憧憬及天真，還是不要摻入大人的思想去打破的好。我害怕記憶被新的色彩覆蓋。

如此，這似乎成了我一輩子都沒能發揮其作用的「約定」。能寫的時候不寫，等到有了把柄，又甚麼也寫不下了。最後還是搖了搖頭，我仍覺得自己辜負了他們。

接著我又將它放回了原本的抽屜。抽屜緩緩關上，摩擦聲響起，我把它和塵封的記憶一併關了進去。

梳子

我的房間一直很亂，亂得人神共憤，偶爾自己都不忍心看，但有時突然心血來潮，又莫名其妙地把收拾當做消遣，忙得不亦樂乎。

今天就心血來潮了，我把櫃子翻了個空，再整理一遍。倒著倒著，忽然發現一把小小的梳子。這把梳子通體黃色，摺疊式的，打開後手柄處還有一塊小小的鏡子，上面有小熊維尼抱著一罐蜂蜜微笑的圖案。梳子的部分不是最常見的那種，聽大人說是梳卷髮的。

甫一看到，我心裡一陣茫然，完全想不起來這是哪來的，但又記得那種黃應該是雛鳥喙上的那種嫩黃，不該是這樣髒髒的帶點灰色。又盯著看了一會，忽然想起來，它原來是我最愛的東西。

關於它的記憶，總是帶著一股子灌進衣領的寒意。

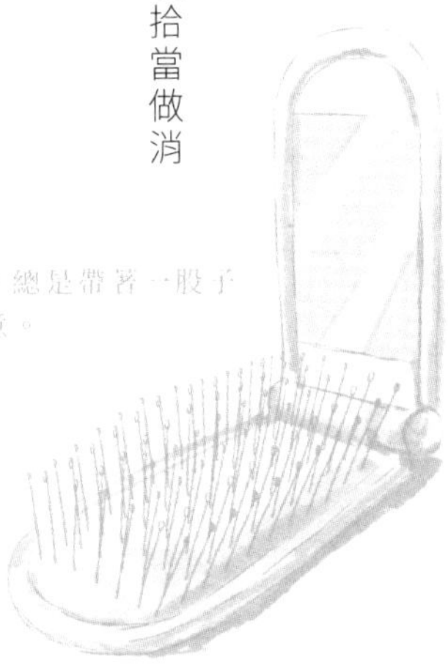

於是我就一屁股坐了下來，管他櫃子亂不亂七八糟，沒甚麼比舊物更值得人花時間懷念了。

它實在是陪在我身邊很多很多年了，從小學、甚至是幼兒園開始，不記得了。關於它的記憶，總是帶著一股子灌進衣領的寒意，大概是因為這把梳子是小時候寒假時來香港買的。過了寒假又回去，我也就把它放在了香港這邊的家。

至於為甚麼關於它的記憶總是在冬天，我也不太記得了，或許是小孩子健忘的心性——喜歡的時候很喜歡；忘記的時候，也能把關於這個物件的記憶忘得一乾二淨。

隨即想起的是一年來一次香港的時候，爸爸媽媽、爺爺奶奶齊聚一堂，好不熱鬧。想到這裡，我忽然不知怎的悲從中來。疫情持續了這麼久，我已經好久沒有見過遠在鄉下的爺爺奶奶、親戚好友了，差點落下淚來，我慌忙抬頭，把閃著的淚光壓了回去。

我想了很久，還是沒有想起來這梳子到底是怎麼來的，只隱約記得小時候喜歡到恨不得拿根繩子繫在脖子上，去哪都要帶著。可是到底為甚麼帶著？雖然對那種喜愛還有點印象，卻已經完全不能理解了，像很多人長大後不知道自己小時候為甚麼愛看動畫片那樣。好像是覺得這麼小巧的梳子實在可愛，又實實在在是一把梳子，想著可以隨時拿出來看看，必要時還能梳頭髮。

說白了就是愛美的心，愛自己美，也愛精緻小巧的東西。

但我也不太記得拿它梳頭髮的情況了，因為那時候還小，受家裡人寵著，實在不會自己梳頭髮，大人也不會動不動給你把頭髮拆了重新梳。唯有一次，那是大點的時候，已經住在香港了，像今天這樣又把遺忘已久的「小熊維尼」翻出來。不知道是不是記憶力全用在奇怪的地方，我還記得幾年前的自己突然好奇能不能拿它梳頭髮，要是能就乾脆帶在身上了。

然後我讓頭皮領略了痛苦。

　　那實在是一把梳卷髮的梳子，而我不是卷髮，是貨真價實的直髮。不知道甚麼原因，梳子狠狠地絞住了我的頭髮，得費力忍痛才能扯下來——這大概就是我今天才把它翻出來的原因吧。

　　但我也不知道為甚麼還把它留著，塞在櫃子裡，一個視線難以觸及的角落。發現它不能梳頭髮的時候沒扔，搬家也沒扔，現在更不想扔了。

　　又不能用，還有點黑，舊得不成樣子；就算是嶄新的，我也不會再像小時候一樣喜歡了，留著幹甚麼呢？

　　大概是留著像今天這樣，老了後安安靜靜地坐下來，和不知多少年前的自己秉燭夜談、閒話家常吧。

遺憾

我家裡放著一架古箏。它在樂器中不算特別大，但也不小，在我的房間中佔有一席之地。

第一次見它大概是在四歲左右，其實已經記不清了，只是長輩回憶的時候如是說道。外婆領著我到琴行看了鋼琴，又看了它。還記得當時看到它的弦一根一根，以前從來沒有見過，於是最後選擇了它。現在想來孩童時做出的選擇多麼直率，僅一眼就知道喜歡與否。

最開始，我還是很喜歡它。學到了五歲，我跟著外公外婆到了衡陽後繼續學。但慢慢地，我開始厭煩每日固定　段時間必須要在箏前練習。那些曲子是新學的，每每我彈不出來，卻要不間斷地進行枯燥的練習，心裡就對它的印象差幾分。我漸漸地不願再見到它，見到如此枯燥又煩悶的「好朋友」。或許，它在我的心裡已經變成了陌生人，遇見時就算互相淡淡瞥一眼，也只是擦肩而過，不餘任何情感火花。

有時甚至近乎是恨的。印象深刻的那一次，奶奶在一旁瞪著我，而我坐在箏前惡狠狠地綁著義甲，眼淚啪嗒啪嗒地落在古箏的木板上，慢慢滲進了紋理，餘下一個小小的深色圓點。

我想我不喜歡練琴，即便許久以前我親手選擇了它。

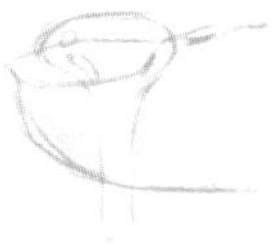

可當我的指尖觸上我曾經的天真，曾經的淚與夢，卻發現甚麼都回不去了。

但我仍會為它而悲喜。有時上課表現出色，得到了老師的褒獎，我會忍不住嘴角上揚，又偷偷地壓下去。發揮得不太好，我也會垂下眸，盯著白綠相間的琴弦不說話。這到底是甚麼樣的羈絆？我自己也不太明白。

某節課上，我似乎有些遲鈍，老師平時要求我們先自己按照琴譜找相應的弦，一同上課的其他兩人都能很快找到，我卻拖拉許久才終於彈出正確的音。我的心怦怦跳著，有些驚慌失措，像是正往深淵墜去，周圍的一切都漸漸失去了光亮。我小心翼翼地聽著老師說話，防備著那一句：「你今天怎麼回事？」

但最後，她還是說了出來。

那僅僅像是天上的星光閃動了一下，小草隨風擺動了一下，如此自然而不帶惡意，我卻因此開始畏懼戰慄。小時候太不懂得進取，抑或太脆弱，一點點地下滑，帶來的是恐懼和失落。

直到五年級時我回到了香港讀書，古箏就沒有再學。我發現自己竟是歡欣愉悅的，像是終於逃過一劫。但古箏那麼大，當初價格亦不便宜，最後也沒捨得扔。那時我的床大得很，於是將它放在床上，夜晚時或會不自覺地擁住它，擁住拋卻愛恨不論，終歸是陪伴我走過了小半生的它。

後來我嫌它佔位置，把它豎在了門後，許久不曾碰過。再後來，包裹著它的黑袋子積了厚厚一層灰。

直到一天心血來潮，將束縛著它的袋子解開來，想要重新再彈響它。那種感覺摻雜著許多情感，像是與一位關係並不好的故人重逢，那種穿越過時間的情感已經淡了。我們像普通朋友一樣握手，噓寒問暖，心裡帶著不安，又試探著想成為真正的好朋友。

可當我的指尖觸上我曾經的天真，曾經的淚與夢，卻發現甚麼都回不去了。我的手再彈不出那種乾淨響亮，甚至奏不出連貫的音，再也不復當年承載了許多情感的清澈樂聲了。

頓覺索然無味，我復又將它縛在了門後。

最後還是沒能下決心把古箏拋棄。它從橫躺在床上到站立在門後，跟著我搬了家，終於能夠獨自佔有一席之地，安安靜靜地橫在古箏架上。我不想丟棄它，但也沒有能力再彈。

它對於我來說到底意味著甚麼呢？或許是幼蛇褪下的那層皮，淡淡的、不再有生機。而那條幼蛇在慢慢地成長、變得鱗片鮮亮，好像從來都光鮮亮麗；但它仍舊記錄著一切，混雜著成長中無法避免的青澀與遺憾。

第二章

玻璃之花

人們總說美麗的東西易碎，
可卻沒有教過我們，
剩下破碎的美麗該怎麼辦。

殘骸

今天一個人在街上晃蕩，漫無目的，忽然發覺走近了曾居住過幾年的那條小巷。我看著熟悉又陌生的街道，心中不知為何湧上難言的情緒，有些懷念。

幾年前，當時所居住的樓房被政府收購了，於是只能搬出來。我走進了那條小巷，沒有店舖開著，沒有邊走邊聊天的人們。放眼望去，只有一片死氣沉沉，那些內裡廣闊的、曾經洗過修過無數車輛的店舖，都以冰冷而又了無生氣的鐵幕遮擋著，沒有人再能走進去。

熟悉的是有些殘破的矮樓，陌生的是空無一人的景象。

我真切地感到「物是人非」。我也曾經住在這裡啊，曾聽著擾人的、不知從何而來的敲擊聲入眠，曾靦腆地向燦爛笑著的婦人買食材，曾因為天黑時有人恰好一起上樓而欣喜……這些，都是生活過的痕跡，現在卻再不能見到一張熟悉的面孔，他們過得還好嗎？是否已經順利住進了新房子？

我忽然想上樓去，上去再一次回到塵封的記憶裡；我的確這麼做了，起先小步走著，後來不由自主地將步子邁得更大——我不知道自己竟會這樣期待。

新家比這裡大多了，也新多了，毋庸置疑。我在寬敞的環境下生活了這麼久，那些一家四口擠在一小方居室的日子也已幾近淡忘了。我不知道我在期待甚麼？我記得，裡面的家具物

它多多少少沾染上了人們的俗氣，
親近過人們的「生活」。

件全都搬空了，僅僅留下了實在沒有用的東西。光禿禿的一塊地方，有甚麼值得我期待的？

但我還是一邊疾走著，一邊掏出鑰匙看了看，確認著哪一把才是屬於這個家、這扇門。

但還沒從一串鑰匙中揀出那一把，就走到了樓底下。家在一樓，很近。我走上階梯，然後大失所望。

外面的防盜鐵門上已經落了一把大鎖，還帶著鎖鏈，繞了好幾圈，唯恐有人破門而入。我在門外愣了好一會，從防盜門的縫隙往裡看，裡面的木門上貼著告示，大意是不能擅闖政府的地盤。

這裡沒有人會為了「闖」而闖的吧？有甚麼人會來這裡幹壞事？人都搬走了，會來的，大概都是像我一樣不知因為甚麼原因，固執地想要再一次靠近這些承載著回憶和生活碎片的地方的人吧。

又不死心地湊近去，習慣性地往裡面那扇木門的頂上看去——我驚訝地發現，那裡仍留著一條縫，隱隱能看見陽光透過窗子，又鑽出門縫的痕跡。

這留著的一條縫隙，實在牽連著我太多太多的回憶。小學的時候，我還沒有自己的鑰匙，於是回到家時，第一眼看的絕對是木門頂——要是開著，家裡就有人；要是關著，我就得自己在外面玩一會。

我不喜歡敲門，因為防盜門是鐵的，聲音很大，也會敲得手隱隱作痛。於是我只踮起腳，努力把手伸過防盜門，輕輕把木門推開，以此告訴家裡的人我回來了。

如今我已經不需要再踮腳，伸手就能夠到木門。我看著那道縫隙，看得久了，簡直下意識就想伸手去推，想像著裡面會有人「咔」地將門打開，我會走進小小的房間，打開小小的書包……

回過神來，我仍舊站在陰暗的樓道裡，手裡攥著鑰匙，卻不能將門打開。

又恍惚地站了一會，我慢慢地走下樓梯，忽然想起甚麼，我立馬頓住了，跑上幾級樓梯，看向一旁的郵箱——郵箱處塞滿了信件！有些甚至已經無法再放進郵箱，於是塞在上方的膠管底下。我只覺得意外，難道還有人像我一樣因為懶惰，一直忘記修改哪個機構的登記地址嗎？

不，或許不，人人都有念舊的權利，我能回來，那麼別人也能。他或許是為了給自己一個理由回到這裡，為了能夠一遍又一遍看到這片地方，把它深刻地、一筆一劃刻進腦海裡。

這裡於我們這些人來說是甚麼？我願將之稱為生活的殘骸，不復生機勃勃盛滿希望；因為是「殘骸」，因為這群賦予它快樂悲傷、賦予它一切人間情感的人走光了，但也不是完全地靜如死灰，它多多少少沾染上了人們的俗氣，親近過人們的「生活」。

它將要被拆掉吧，隨後重起新樓，於是又有新的人們，於這地譜寫新的人生樂章。至於離開了的人，記在心裡就好了。

看海

人啊，對於大自然的摧殘，
終究會讓大自然討回來的吧。

這天太陽很大，我和家人一起去釣魚。

我已經許久沒有看過海了，聽家人說要來釣魚，我心裡浮現出許久前見過的那片廣袤無垠的碧藍來，忽然就期盼著來看看；即使我並不會釣魚。

不過最後沒有跟著拿起釣竿，而是和姐姐走上了天台。那裡離海很遠，下面還有另一個平台。走到欄杆邊向下望去，一半是青白的地板，一半是碧藍。那些方塊疊成的小方天地隔在人們與大海之間，彷彿一道不可逾越的鴻溝。

的確是想像中的一望無際，但我似乎沒有感覺到大自然的靜謐。海在我的面前是三角形的，兩旁是高聳的建築。它們挺直地站著，俯視著倚在它們腳邊的海，似乎那樣驕傲。那些人造的用地從兩側開始向中間擠去，慢慢地包圍住——又好像忽然憐憫這片海，最終沒有合併，給它留了一條小小的出路。

風很大，呼嘯著席捲而來，伴著小孩子的笑鬧震動我的耳膜。我只在遙遠的地方望著那令人敬畏的大海，金色的陽光映照其上，海面波光粼粼，但在我眼裡顯得很平靜。或者說，我看不到它狂怒的一面。曾許多次在小說或課文中讀到過海的形容，甚麼滔天巨浪，濁浪排空，我也許無法親眼見到了。

海上不時有船隻經過，將海面破開，留下一道長長的白痕。這些船隻都配備了引擎，不需人力也能夠破浪前行。我的思緒卻飄到了人們口述的年代，那麼久以前，大家都是依靠海的啊！香港並非肥沃的土地，祖祖輩輩只得漂泊於海上，那時的船隻並沒有這麼先進，而是靠著人們才能夠在搖搖晃晃、隨時能夠顛覆它們的海面上行走——那是多麼令人敬畏！

我看著海，腦中卻不自禁地浮現小學時老師曾給我們看過的照片。照片中是建於海上的簡陋房屋，一片片緊挨在一起，船隻浮沉在海水之上。我正看著的這片海，是否也曾有人於其上擔憂過妻女溫飽？此刻，明明是全然不同的兩個時代，這片海卻像是一根無形的線，將我們串在了一起。

最後還是任性地跑到了距離海最近的地方。我有些心驚地翻過欄杆跳到石塊上，擔心著會否讓人捉住警告。這裡的風最大，將我的衣角吹得獵獵翻飛。我的目光掃過石塊的縫隙，發現這些形狀色彩各異的美麗石頭竟是污髒的——吸管、塑料袋，甚至是洗手液的瓶子……就這麼靜悄悄地卡在它們的間隙裡，簡直是硬生生將甚麼美好的東西撕去了一角；人類生活的痕跡竟將大自然的美染上了異樣。

我一抬眼，看到一根白色的線橫過岸邊。啊！原來不是線，而是白鳥！我叫不出那鳥的名字，只見牠們昂頭挺胸立於石塊上，像是蹲守獵物的猛獸，只有一兩隻在海面上飛翔。多麼可愛的生靈！

我怕驚擾到牠們，於是輕手輕腳地走過一段路，最後帶著不安，小心翼翼地坐在了石塊上。我知道牠不會動，但還是害怕牠會厭惡我，不願意讓人靠近牠。我想，如果牠會叫喊，是否會將人們的惡行公諸於眾？

我看向海水，此刻它僅和我隔著幾米的距離，我從未這麼近地看過海，即便對神祕的它那麼嚮往和敬畏。我俯下身看向它，發現它的顏色竟如此美麗。那是墨綠的流體，卻能透過它看清一部分被其覆蓋的礁石，像極了我將濃墨滴入水的色彩，深沉中帶著天真。似乎是沒長大的小孩子，被大人警告著保護好自己，卻又因為好奇而將自己的面目露出半邊。

它就那麼淺淺地擊在低矮的石塊上，一下一下，溫柔地。海水將石塊打濕又退去，經年不改，慢慢地，那些石塊上長出了綠色的青苔。那也是海的孩子嗎？接受著海的浸潤，慢慢長大，變成了那麼美麗的樣子。

海的孩子，這個詞語似乎生來帶著挑戰與堅強，他們無畏風雨，不懼艱辛，活得自由而精彩。我佩服他們。

我自己也不太明白海對於我來說算是甚麼，但我敬畏它，愛惜它，也憐憫它。人啊，對於大自然的摧殘，終究會讓大自然討回來的吧。

那一碗

中午臨下課時正迷迷糊糊神遊天外，忽然聽見客廳傳來瓷碗與桌子碰撞的聲音，清脆得讓我的精神為之一振。

「啊？年糕！」忽然聽到這麼一句，是弟弟稚嫩的嗓音。

「湯！鹹的啊？」弟弟還在外頭吵嚷。顯示在電腦屏幕中、顏色黯淡的老師並不能讓我提起興趣，我的大腦在這瞬間連接上了味蕾，開始了不知是真是假的想像。

不會那種氾濫到麻木，也不會那種微小到無知無覺，
就這麼維持著微妙的平衡。

這是煮了年糕來當飯吃，湯做配菜麼？年糕那麼甜，湯通常是放鹽的吧，這兩者從根本上就不是同一個世界的啊！一個滿載著生活在陸地上的植物的精華，一個吸納了來自蔚藍海水的鹹澀。嘖嘖，遙不可及的距離。

我待會是先吃年糕呢，還是先喝湯？

下了課，我並沒有多期待地走進廚房，去拿我的午餐。但很奇怪，廚房只有那一碗滿當的湯。蕃茄露出的橙色在白瓷的襯托下顯得愈發深沉，還有仍舊碧綠的菜葉，和一滴滴圓形的油脂於面上浮浮沉沉。

年糕呢？我微怔，不確定地再掃視了四周，只看到兩口乾乾淨淨的鍋，四平八穩地放在灶台上。

好吧，那就是這一碗了。

放到桌子上時仍舊疑惑，未解那年糕的身世之謎。習慣性拿起筷子伸進湯裡攪了攪，卻發覺似乎不是想像中的感覺，碗底有甚麼正黏膩地捉住了我的筷尖。

我把那東西夾了起來，有些黏，又好像不黏，橙紅的一團，像蕃茄又好像不是，叫人甚麼也看不出來。我把它放進嘴裡，湯裡溶解的鹽分淡淡的，已經從口腔蔓延開來。我感覺那東西果然還是黏膩的。

隨著牙齒輕輕的碾磨，與海截然不同的甜擴散開來，先是舌尖，再是整個口腔。好甜，愈來愈甜，淡淡的鹹味和濃濃的甜味混在了一起，像是人生活在海裡，魚在地上行走那般不協調。軟糯的年糕混著菜葉與蕃茄咀嚼的時候，那種觸感也是從沒有體驗過的。

「天哪！」，這是我當時唯一的想法。

曾有過酸與甜，也曾有過苦和鹹，但從未如此鮮明地感受過「甜」與「鹹」的聚首，從未如此堅定地認為它們不該是一路人。

喝一口湯，鹹的；吃一塊年糕，甜的。我苦於味覺被這兩種相異的味道反覆拉扯，只拼命地往嘴裡塞，希望能夠快點結束這個過程。

但我忽然想起仍在上課時聽到的喝湯的聲音，是媽媽的，也有弟弟的，印象中沒有任何人吐出了一句抱怨。是啊！他們也都吃過了，吃完了，為甚麼到了我就這麼多牢騷呢？

昨日媽媽也是把年糕做成了午餐，但沒有混著湯。那時的年糕混成了一團，簡直就是一團正要拿來做甚麼糕點的麵團，牢牢地抓著碗，用力撕扯才能得到一口。那時弟弟還說，真難看。媽媽無奈，沒辦法啊，它粘鍋，粘成一團了。

啊！我懂了，這竟是為了不讓我們吃到那樣的年糕，所以發明的新做法嗎？

我看著面前所剩無幾的一碗年糕湯，彷彿透過映著燈光的湯面，看見廚房忙碌的身影——她或許會喃喃著該買甚麼菜，弟弟還有多少作業沒做，我過多久又要測驗……

我默默塞進了一塊年糕，仍舊是甜的。我想起過年那回吃過的那碗，只有蛋和年糕，塞得滿嘴甜味，似乎把所有都吃進了肺裡，就連呼吸之間都是甜的。吃到後面甚至感覺不到甜味了，只覺得糊得滿嘴都是糯米。

但還是有好處的吧？甜蓋過鹹，鹹又蓋過甜，反覆交替著；不會那種氾濫到麻木，也不會那種微小到無知無覺，就這麼維持著微妙的平衡。

我放慢了速度，用筷子小塊小塊地夾起送進嘴裡，用味蕾細細體味甘混雜著鹹的奇妙感覺。

熒光

在我看來，熒光總有一種讓人覺得安靜的威力。

小時候也許是電子產品用得多了，我小學低年級就已經近視，於是戴著眼鏡過日子；現在已經到了一取下眼鏡就甚麼也看不見的狀態。

偶爾夜晚醒來，我習慣看向鐘。掛在客廳的大鐘塗有熒光粉，在一片漆黑中散發著瑩瑩的光亮，雖然微弱，但總能在黑夜中看得一清二楚。

半夜乍醒總是一件令人煩悶的事，我從小就是這樣，經常睡不安穩。但當我注視著鐘上排列得整整齊齊的微光時，心裡總是能夠很快平靜下來，負面情緒都驅散開去。

但白天注視著它的時候，卻絲毫感受不到夜晚的那種靜謐祥和。

偶爾實在睡不著了，我會靜靜地凝視著有光的地方發呆。我看見鐘裡的刻度加上指針，一共六十三道熒光，此刻只折射進我的眼裡。雖然不知道別人會否留意如此平凡安靜的東西，我卻時時沉浸在小小的世界裡，眼裡彷彿只有整個房間那麼大，在這裡只有我和它，互相欣賞著、溫暖著。

它的光不足以讓我看書，不足以支撐我進行任何日常活動，我卻覺得只看著它，時間就能過得很快；不需要刻意消磨，也不用刻意挽留，一分一秒慢慢地，按著應有的速度走著。而我呢，在這無事可做的時間裡發著呆，想著曾經、現在、未來，也是十分令人愉快的一件事。

每逢中秋節，家人都會買很多熒光棒，七彩的那種。全家會一起去公園玩。我喜歡將熒光棒一根根掰出光來，看它們在黑暗中因我的施力而一絲一縷地鑽出光芒。我嘗試過，如果是剛剛掰亮的熒光棒，亮度足夠支撐人看書，不過辛苦一點。

在黑暗中看它，似乎有些刺眼了。我那時還是貪玩，喜歡在夜晚中把玩亮亮的東西。於是中秋前後，我總喜歡自己拿走幾根，晚上在被窩裡掰著玩。有時不剩新的了，就拿起已經亮了許久的，竭盡全力捂著被子，想要看清它們僅餘的生命。

玩了一陣，還是覺得熒光好，是那種能夠吸收光、溫和、安靜的熒光。

還記得前段期間才買了灑了熒光粉的膠管，用來摺星星。起初只做出了寥寥幾顆的時候不覺，直到做了一堆，我饒有興趣地將它們放在燈光下照耀；關上燈的剎那，蘊藏在星星裡點點的熒光頓時散發出光芒，將半個玻璃瓶都照亮了。真美！即使對比起燈來還是很微弱，我握著玻璃瓶，卻覺得手心都被這些光芒照亮、溫暖了。

這些小小的熒光粉很容易從星星上脫落，於是每當摺完幾顆星星，我都要把指尖湊近枱燈，等手上的熒光粉吸足了光再關上，就能看見手指上密密麻麻的淡綠光點。我不討厭每次都要把它們清洗乾淨，反而喜歡指尖點綴了的感覺。

我忽然想到，這樣的微芒那樣不起眼，我們走過的路上，是否也撒著像熒光粉那樣的好運氣，但自己沒有注意？

或許要我們注意，實在太難了。光芒唯有在黑暗之中才會刺眼，因此現在於尚且不算暗的道路上，難以發現這樣的機會。希望正走著不算明亮的小徑的人，能夠好好把這些機會抓牢在手中，最終匯聚成光束，照亮前方的路。

我們走過的路上，是否也撒著像熒光粉那樣的好運氣，但自己沒有注意？

夏

四季更替是地球上再平凡不過的事，大部分地方都有春夏秋冬吧。雖然世界上任何一個角落都會出現這樣周期性的溫度變化，我卻總覺得，人身處不同的地方，看到其中的春花、秋月、夏蟬、冬雪時，感受總是不一樣。

我的房間以前沒有窗戶，而不管溫度如何，能好好發著呆感受生活的地點就只有在家。至於旅遊爬山甚麼的，興致也只會因為喧鬧的人山人海和浸透衣衫的汗珠而磨滅，因此沒法透過甚麼去好好看或聽。那時對於夏天的感受就只有熱和煩躁。

現在房間有了窗戶，卻讓上面的圖案擋得嚴嚴實實。不過就算看到了外面的景象也無濟於事，因為外面只有毫無裝飾的灰色小平台，和被建築物遮擋了小半的、不算太藍的天空。

而今天，我忽然從對炎熱的怨聲載道中清醒過來。夏天，總是有它自己的特色，除了溫度之外的甚麼。

其實我也好好注視過夏天的，在遙遠的、孕育我長得半大的地方。

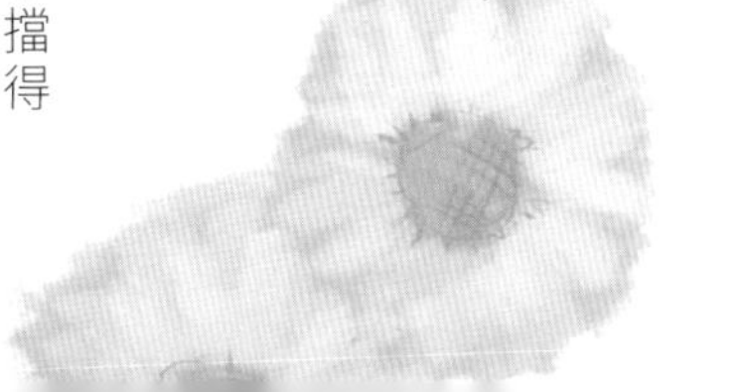

我竟恍然覺得世上再沒有動植物之分——只有生命，純淨而蓬勃的生命。

且不論其他，眾所周知的是夏天尖銳的蟬鳴。也許是我知識匱乏，人又懶惰，至今仍未知曉蟬究竟為甚麼要在夏天聲嘶力竭地尖叫。據說天氣愈熱，它叫得愈兇。不管出於甚麼目的和習性，這已經成了夏天的標誌了——這是地球給予我們的，屬於這個季節的烙印。幾乎已是條件反射，如果人只剩下了聽覺，那麼耳膜一旦為蟬鳴而震顫，就能知道夏天來了。春天裡嬌嫩的綠，秋天蕭瑟的黃，冬天潔淨的白，蟬鳴反倒是最特別的、留在雙耳中的迴響。

像許多人一樣，我也有自己獨特的夏天。遠在故鄉的家，房間是通向陽台的，窗外的聲音可以清晰地傳進房間。我最喜歡夏天的午後，那時大概是我醒著的時間裡最安靜的了。多數人都在睡午覺，於是少了許多早晨帶著朝氣的喧鬧，只餘輕微打麻將的吆喝，和偶爾風吹過時，推動窗外樹葉相互摩擦的沙沙聲。

我總是喜歡趴在陽台上往外看，看那棵和我家陽台近得彷彿觸手可及的樹。那是甚麼樹？已經不記得了，大概是樟樹吧，這是那裡最常見的種類。當目光注視著那一片帶著太陽光澤的綠，視線描繪著它閃亮的輪廓時，我的心總是平靜如一潭波瀾不驚的湖水。來自生命的東西總是能輕而易舉讓人平靜，而專屬於夏天、鍍過一層金邊的綠葉，又讓人分外愉悅。

而更喜歡的是伴著沙沙聲的夏天，有時光顧著玩樂，把注意全放在朋友或電腦上，忽然聽見這樣輕微的聲音，總是會情不自禁地轉過頭看向大樹。看著看著，整個人就這樣沉浸進去。我很喜歡那種感覺，彷彿天地間只剩下了樹、風和我。陽光洋洋灑灑落在樹葉上，有少許並沒有被葉面捕捉到，悄悄自微小的間隙溜過。而風再一吹，斑駁的樹影頓時活過來了，在映著陽光的金亮地面上擺動起來。我竟恍然覺得世上再沒有動植物之分——只有生命，純淨而蓬勃的生命。萬物隨意識律動著，那樣和諧，那樣團結，那樣渾然天成；我似乎和它們融合了在一起。

綠葉，樹影，金光，微暖卻因為心靜而不讓人覺得熱的風，沙沙樹葉被風吹響的輕吟……萬物一視同仁地沐浴在陽光下。我想，這就是夏天了，是我一個人認為的夏天。

另一種堅韌

植物是甚麼？

從生物學的角度來看，植物是自營生物，是處在生物鏈底端的萬物之源；沒了它們，萬物都得玩完。

小時候也像所有孩子一樣，特別喜歡一口吹散成熟的蒲公英，看著它們飄遠的姿態，希望它們能飛得更遠。心中想像著來年，這裡該長滿了蒲公英，撐著降落傘的種子成群結隊飄散開來，像霧那般白蒙蒙的。稍稍長大以後，偶爾喜歡感嘆，想著蒲公英到底是高貴的，還是無奈的？是如此自由地帶著瀟灑隨風而去，還是被絲絲縷縷的風禁錮著無法脫離？

而偶爾，走在街上時看見路旁的大樹扔下果實、花朵、樹葉，心裡總是惋惜。還記得小時候走到樟樹旁，看到它們總是往地上撒希望。那些綠色的小球，只有豌豆大小，被踩得變成了一灘爛泥。為甚麼要撒在地上呢？不該將這些生命延續的希望好好安放嗎？在我眼裡，不論從樹上掉下來甚麼，那都是生命的一部分，甚至是生命啊！而地上已經難辨顏色的卻只是殘骸，零落成泥，就只是這樣而已嗎？

長在哪裡不好？偏要長在人行道旁，這兩條腿的人每天踩來踩去，哪裡會在意？忽然又想到樹不能自己走，於是又埋怨起種它的人來。埋怨來埋怨去，最後不知道是誰的錯了，只得悻悻離去。

突然想起小時候種的綠豆，把綠豆放進裝了濕紙巾的杯子裡，再這麼往陽台上一掛就大功告成了。那是好幾年前的事了，我至今仍能憶起那畫面——幾顆綠豆筆挺地向上生長，無畏地迎向陽光；碧綠的葉面上脈絡清晰，那麼驕傲的模樣。而已然脫落的豆皮落在浸過水的紙巾裡，一半因為吸飽了水，仍舊濕潤；一半卻在烈日下烤得蜷曲、乾癟。

最近我才學到，陸地植物的葉上有一種物質，能夠在陽光下防止水分流失。有時我會傻傻分不清，這到底是植物為了生存而有的進化，還是它們從胚胎長出就勇敢地迎向烈日，請太陽做它們嚴厲的考官？那樣高的溫度，卻絲毫不能給它們帶來傷害，誰能說它們弱小？

地球存於世的時間難以估計，大家一開始都是單細胞；而正因為這難以估計的時間，現今仍存活著的生物又怎麼會弱小？

小時候的我憐惜被踩扁的果實、花朵、樹葉，喜愛四散飛舞的蒲公英，殊不知它們的本質其實相同。植物大多不能動，於是進化出了特別的傳承方式。種子生根在泥土，於是它們就把種子往地上拋，豁達又瀟灑。這是它們沒有腿的無奈，也是專屬植物的傳承與驕傲。

現在我知道了，蒲公英既沒有擺出高貴的姿態，也沒有覺得無奈。它們的生命是自給自足、生生不息的，能夠落在泥土上便是最大的自由，誰還來在乎這個地方是否自己想要的？

隨遇而安，在哪裡都能生根、發芽。一株植物的生命或許是脆弱的，但那種蓬勃的生命力與傳承，是任何物種都無法比擬的。

那樣高的溫度，卻絲毫不能給它們帶來傷害，誰能說它們弱小？

不該承受的重壓

我記得公園裡有一棵樹。

當然，公園不可能只有那一棵樹，桂花樹、樟樹、桃樹、石榴樹……但那麼多的粗枝綠葉鮮花，我卻只記得瘦弱的它，在外牆與石縫間佝僂著，竭盡全力想要將枝丫伸出牆外，渴望自由的模樣。

它是細弱的。

可要命的，它長在那比成年男人高一些的屋頂旁，樹幹正好比那朝裡傾斜、相對低矮卻仍舊難以攀上的屋頂矮上一截。

於是，它負上了本不該承受的重量。

小孩總是貪玩而不知危險，包括我在內。

雖然公園的假山上，有一條路可以毫無阻礙地通往屋頂，但大些的孩子卻不願再跑這麼長的路，就近打起了那棵樹的主意。

其實哪裡只是因為懶？還不是為了尋求刺激，渴望手腳並用，像祖先那樣享受依存著樹的樂趣，與征服恐懼的快感。

那棵樹也實在長得太過方便，靠近屋頂的樹幹正好是一個梯狀，足夠孩子將腳踏上，再借力跳上屋頂，開始他們的玩樂。記憶中它存在很久了，我們偶爾借著它攀上當時看起來危險的高度。

它一直撐著，多年來居然沒有倒下，認命般毫無怨言地待在那裡。現在想來，那麼多的人，以這棵樹作為途徑上上下下，它怎麼能撐得住？

直到我再大了一點，細細看它的時候，才發現樹幹原來是抵在屋頂上的。要是沒有這樣的依靠，它也許早就折斷了。樹幹與堅硬的石頭接觸的地方已經磨平，觸手是令人心驚的粗糙。

再後來，關於它的印象已經模糊了，或許仍安分地守在角落，或許已經被日復一日的重力壓斷；後者似乎比較真實，那種發現樹沒有了，有些可惜的感覺還能隱約追溯。

它真的毫無怨言嗎？不，我想，它要是一個人，大概早已經撒腿跑開，罵罵咧咧，竭盡全力地想要離我們遠一點。它也是生命啊！憑甚麼栽在這麼險惡的地方，憑甚麼還未真正綻放生命的光華，就已經被迫從舞台上退下？

它實在生得太巧了，簡直就像專門負責將人承托上去似的。但我現在知道了，它不是，本不該被人踩著，本不該在未長大的時候就被壓彎了腰。

要是回到從前，我大概不會再走這捷徑了。

它一直撐著，多年來居然沒有倒下，
認命般毫無怨言地待在那裡。

弦

正因有了生活的襯托和壓力的施加，
人們才能夠擠壓出自身的潛力。

古箏的弦是由低至高排列的，最接近演奏者的那一根發出的是最高亢的樂聲，也是最細弱的一根。

今天之後，我想我無法再淡然替古箏調音。突然心血來潮，想把許久未曾調試的弦按著標準音高調了一次，發現低了不止一星半點。

本來一路從高到底，很是順利；但到了最後一根，我不假思索地一扭，它突然毫無預兆地斷裂了。

「嘣」一聲，弦斷了，猛地抽向箏尾，將我的手抽得生疼，擊在中空的木頭上，發出空寂的迴響，我嚇得呆住。沒有了拉力，那根弦再不復優雅的筆直，而是佝僂著蜷曲在箏尾，小小的一團，顯得渺小又沮喪，像是雪地裡掙扎著的火花最終讓人踩熄了。

我俯身過去將它取了下來，靜靜地端詳。我看見了它的內裡，閃著銀光的細絲從包裹它的材質中露出頭來；保護著它的外衣，此時像是被拆散的麻繩，散亂著，失去了原有的光澤。

毫釐之差，它從能夠發出悅耳聲音的弦變成了一團廢品，因為其他東西加諸其上的拉扯太過，讓它猛然崩潰。

我突然醒悟，其實人和弦一樣，無時無刻不在承受著壓力：學業、工作、未來、婚姻……就像把弦固定在兩頭的箏，將那一根根蜷曲柔軟的線條拉直，鋪在棕色的木頭上，把它們的美麗凸顯出來。

正因有了生活的襯托和壓力的施加，人們才能夠擠壓出自身的潛力，才能夠真正變成自己；一個人如果甚麼都不需要做、不需要想，就能夠安穩度過一生，那麼來到世上的意義是甚麼？人們獨一無二的個性與天賦又怎麼能展現出來？正如星星如此明亮，卻只存在於壓抑的黑夜，只有在夜空才能將自己的光芒，照耀進地球上人們顏色各異的瞳孔裡。它是光亮的，卻無法與白晝共處。

但弦也是會被這種壓力拉斷的，人也會，壓力過大時會讓人無所適從。我們有時是自由的小鳥，有時卻是庸庸碌碌的螞蟻，身上背負著遠超自己身體的重量；但再強壯也不可能背起大象，只會因此而落得身死的下場。

這之後，再怎麼風光的過往，都無法挽救那人爛成一團的血肉，混進了泥裡。人們或嘆息，或嘲笑，或驚惶，但沒有人在想起你時腦中會浮現光芒，只有最後那觸目驚心的殘渣。

我碰了碰手中琴弦的斷口，指腹傳來尖銳的痛感。它斷了，且充滿怨恨，將血肉模糊的斷口朝向所有接近它的人。而我呢？我是罪魁禍首，是無情將它拉斷的那個人。手上的那條紅印猶在。

是我將它買來，最後卻親手將它毀了。

其實所有的一切都源自愛與期望吧。父母期望著孩子能夠出人頭地，上司信任自己的下屬……他們親眼看著悉心栽培的人忽然崩潰，變成全然不同的另一個模樣，其實也是痛心的。而那些似弦崩斷了的人積怨在心，其實誰也得不到好下場。

他們或許是將結果看得太重了，於是極速奔跑，卻踉蹌地摔倒在地上。其實世界是很美好的啊，只要你停下腳步，靜靜地休息一會，小草還是會隨風搖擺，鳥雀還是會在枝頭歌唱。覺得累了，就稍稍放鬆一下吧。

我最終還是把它丟棄了，儘管心裡有些微歉疚。它只是一根弦，卻讓我想到了許多、教會了我許多。我下樓去買了另一根弦，這次小心翼翼，終於沒有再把它崩斷。

破碎

今天買了一隻錶，一時半會沒想著買甚麼能夠長久用著，於是只花了幾十塊錢，買了看上去還不錯的它。

錶帶是黑色的，很小巧，還帶著熒光。我不是這些東西的鑒賞家，不論廉價與否，我覺得它實在漂亮極了，精緻簡約。我覺得以這樣低廉的價格，能夠買到這樣合意的東西，實在是走了大運，真好啊！

我沒有馬上拆開包裝將它戴上，而是小心翼翼地收進了隨身的小包。我要看著家裡最準時的鐘，將它調至最正確的時間，不急這一時半會，以免委屈它為不準的指針浪費生命。

直到要洗澡了，我不得不取下它。在以前，我都是順手放在一旁遠離花灑的洗衣機上的。正要像平時那樣放上去時，我又頓住了——我看到上面有細細的灰塵。洗衣機包著一層塑料薄膜，平時也不好擦拭，所以才因日久落了灰。

啊！怎麼這麼多灰塵？還是不要放在這裡好了，那該放在哪呢？我環顧著洗手間，最後將這塊得寵的錶放在了掛在一旁的褲袋子裡。

只是一件那麼美好的東西，生生在面前毀壞，於是人們才會耿耿於懷。

放在這裡是最安全的吧，既不會沾染灰塵，又不會被水氣打濕。

洗完後不經意拿過褲子，忽聽得「叮」一聲，是甚麼東西狠狠砸上另一樣東西的聲音。我怔了怔，看到地上的黑帶才明白過來，手錶居然讓我不小心拋到地上了！

蹲下將它撿起的瞬間，我想到了許多，多得現在回想起來都覺得有些不可思議：這麼大的聲音，不會整塊玻璃都碎了吧？今天才買的，要是不能用了，該怎麼向父母交代？我還能再去買一塊嗎？地上的玻璃該怎麼辦？

慌亂的思緒止於目光觸及錶面的那刻，我驚喜地發現，那塊看起來脆弱的玻璃居然只有小小的碎紋，僅僅模糊了最頂上的十二。於是驚魂甫定，看著它愣在原處。

即使還能用已經是幸運的結果，但忽然又想起它原本那麼完美無缺的樣子，十二個數字，六十道細痕，全都能夠藉由光清晰地折射進眼裡；現在不光看十二很困難，碎裂的紋路於錶面搶眼得很，叫人一眼去只能看見它的缺憾。

忽然很心疼，悔意也一點點蔓延開來。要是，要是沒有——

沒有甚麼？

一時間竟找不到能夠指責的事物或舉動，只好放下情緒，先思考這責任能夠歸到誰頭上。思來想去，居然只能因為我太喜歡這塊錶，太想要護它周全了。要是我徑直把它放在有灰塵的地方，即使沾了灰也不至於落得「殘疾」的下場，要是我能夠隨意一點，不在乎一點……

懷著悔意失魂落魄地躺到了床上，我沒有熄燈，兀自看著那塊已經變得殘缺的錶。真的！如果不是那麼喜歡它，早在進洗手間之前就該取下；如果不是那麼喜歡它，它就不會變成這樣……

那刻我覺得似乎不能安睡了，即使安慰自己這已是不幸中的萬幸，那種擾得人思緒紛亂的後悔也依舊不能停止。

為甚麼偏偏是今天？我今天才遇見它，於是就要讓它以嶄新的模樣在我面前碎裂？為甚麼要讓我留下這麼深刻的惋惜不甘？如果它某天盡了它的價值，變成了一塊舊錶，到那時再摔在地上，即使摔得四分五裂，我想我也不會有太大的反應吧。

隨即我又為自己的想法感到慚愧，多麼喜新厭舊啊！日子久了，我應該對它生出感情的不是嗎？怎麼甚至比不上初來乍到？它或許會陪我走過迷茫，走過悲傷，走過欣喜若狂……將自己全然交予我，最後奉獻自己卻得不到好回報；只是設想到這樣的待遇，我就已經為它抱不平了。

或許也不是感不感情的問題，只是一件那麼美好的東西，生生在面前毀壞，於是人們才會耿耿於懷。畢竟愛美之心，人皆有之。反而是年久失修的，被時光侵蝕的，甚少有人會在意。除了念舊的人，誰管那些快要不能用的東西最後如何？

希望我能有一雙慧眼，發現曾被我不公平對待過的物件，好好珍惜。

玻璃

玻璃真是太美的一種東西了，晶瑩剔透、毫無雜質，純淨到沒有甚麼不能從中穿過。小草、大樹、高樓、藍天，把玻璃擺到哪，它身後的萬物都能把自己原原本本地折射進人的眼裡，糅合了光，以更加美麗的姿態。

總覺得這是很神奇的一件事，卻又說不出哪裡神奇。透過玻璃能夠看到外面，這是孩子

它那麼美、那麼美，完整的時候美，
捧在掌心，像是抓住了一小片海洋。

都知道的事；但我就是覺得，它那麼美、那麼美，完整的時候美，捧在掌心，像是抓住了一小片海洋。即使破碎了也是晶瑩的，放在陽光下曬著，那叫人摸不著的陽光竟就這樣被它捕捉起來。要是將它拿起來，那被困在一隅的細碎光芒就不安分起來，滿屋子亂跑。

我曾和一個朋友這樣說過：「你覺不覺得，透明的東西特別美？」

她給我一個不解的眼神，問道：「哪裡美？」

我想了想，實在沒有辦法形容這種清澈沉靜，於是只含糊地回答：「我也不知道，就是覺得好看。」

我不知道是自己只累積了僅十幾年的詞彙不夠，還是這種美是來自於天地，無法捕捉與描述。

我喜歡看從它身上穿過的光。我家不會有特意做給我看的玻璃，只有一塊為印橡皮章討來的亞克力板。不知怎的，平日覺得枱燈刺眼，但拿起那塊和玻璃相似的塑膠，卻能一眼看進燈芯裡，不由自主細細循著它的劃痕看去，想著玻璃的美。突然回過神來，才發覺自己已經呆坐了半晌。

玻璃實在美麗又危險，而且易碎。要不是這樣，豈不是隨處都能碰到玻璃做的玩物？

有時真的不想去相信，這竟然是由沙子燒成的。沙子我見過，一顆一顆小小的，總是輕而易舉從握緊的指縫間流淌而出，輕煙一般，落地後歸於塵土。哪像玻璃，高貴豔麗得如同女王一般，就像高高在上的國王和在大街躺臥的乞丐。

乞丐怎麼搖身變國王呢？或許是它一段痛苦又令人驕傲的往事吧。

我最開始有意識關注玻璃，見到的卻是落魄的、齜著利齒的它，碎裂一地。那時還小，沒在意它的稜稜角角，只覺得美麗，便一塊塊撿起來抓在手裡。等到覺得哪裡有點癢，循著記憶往前時，卻想起是手掌被玻璃割出了一小道一小道傷口。

這樣易碎，碎後這樣鋒利，令我想起恆古不變的一句話——美麗的東西，總是易碎的，可卻沒有教過我們，剩下破碎的美麗該怎麼辦呢？可能像是果樹上凋零的花，讓人驚鴻一瞥後悄悄走下舞台，把甜美的果實奉上。美麗不再，又有了果實，誰還會去在乎花的下場呢？

小時候總是好奇，為甚麼白天能夠透過玻璃窗看到外面，晚上卻不能了？後來經過自己一次次的「實驗」，才終於得出結論：只能從較暗的地方看向較光的地方。

玻璃就是這麼神奇的東西，在外面暗得難以看清自己的時候，你周圍是亮的，卻更能夠看清自己，甚至可以當鏡子用；但當你身邊暗時，卻又能透過窗戶，抓住外面小孩的快樂。

我想我會永遠喜歡玻璃。

第三章

誰是黃昏

那裡仍留著一條縫，
隱隱能看見陽光透過窗子，
又鑽出門縫的痕跡。

排號

在這世間，誰又不是誰的過客呢。

我喜歡看通訊軟件的限時動態。某個同學經常在裡面發些不知所云的文字，或現實，或來自她愛看的小說、電視劇，總是讓人不自覺在她寥寥數語的內容裡浮想聯翩。

某回看到她用幸災樂禍的語氣說：「感覺到她們的怨氣了」，附帶一張截圖。我定住圖片仔細看，原來是老師約好了同學做些甚麼，後來卻因為某些原因不得已取消了，讓同學白等一場。

我看著同學加上的文字笑出了聲，白等的感覺的確不好受，但誰又能怪誰呢？一方確實是有不得已的理由，另一方就算再生氣不憤，也不能朝著任何人撒氣；但就是生氣不憤啊！雖然明明知道誰也沒有錯。

這樣看來，反而有誰罪大惡極會更好解決。笑著笑著，慢慢發覺出老師的難處來。未批改的作業，不省心的同學，這兩樣就已經夠令人煩惱了。老師大部分的時間都分給了工作吧，所以偶爾會顧不上其他。

「排不上號」這四個字，突然就在思緒裡浮現了。一條長長的人龍往前慢悠悠地擠著，一個一個爭先恐後，一條縫隙也不留。於是最晚來的只有認命，站到隊伍的最末端。

排甚麼呢？排著遇見？排著共事？排著等被處理？排到了之後呢？是否也就是擦肩而過的一面之緣？

在這世間，誰又不是誰的過客呢。

每個人都是獨立的個體，每個個體都有他們自己的曾經、生活和未來。要是不願意，誰也不能完全干涉誰，只能站在旁邊看看，最多在對方將要墮入深淵時企圖抓住他的衣角，在將要升上高空時奮力推一把。

世間無不散的筵席，人生亦如此。各個階段遇上的老師同學、親戚朋友、甚至家人，都無法陪著誰走過一生。像是在夜空劃過的流星，各自有既定的軌跡，偶爾交錯在了一起，遇見了，彼此的光芒相互照耀著、溫暖著，最後卻仍舊要分開。

只是有的交錯後仍同行一段，有的轉瞬即逝，甚至流星自己都沒有來得及看清。

每當有人能記住我的事，那種喜悅，是發自內心的、永久的。

傳單

和朋友一起去買珍珠奶茶，過馬路的時候，正咬著飲管出神，忽然有一隻手遞過來。我下意識看過去，是一個大概五六十歲的婆婆，戴著帽子。

她是來發傳單的。我趕緊搖搖頭，微笑著對她說「不用啦」。

發傳單的人真的是最讓人無可奈何，不管是頂著烈日還是灌著寒風，那張臉上的熱情總是叫人不好拒絕。

我覺得我從小時候到現在，面對這樣「難以拒絕」的時刻的做法已經有所長進。小時候不管不顧，硬著頭皮不去理那些笑著的眼睛和友善的話語，只自顧自地走，逼著自己給人冷屁股貼，而每次走過去之後，總要心慌一陣。

後來實在沒辦法繼續無視，於是開始手足無措、畏畏縮縮地接下來，倒顯得比發傳單的還要緊張。我也不知道自己接過來幹甚麼，還來不及反應，手裡就多了一份一頁、或多頁的傳單。我既不能跑回去還給人家，也不能當場扔進垃圾桶，只好紅著臉塞進書包裡。

到現在，我會一邊禮貌地微笑著，一邊拒絕人家的手和傳單，像今天這樣。我想，這樣婉拒既不用讓人心裡覺得不舒服，又不用接傳單，豈不是上上之選？

打發完了婆婆，我摘下一邊口罩打算再喝一口奶茶，忽然聽到站在右邊的朋友說道：「得想辦法把那三份都拿過來。」

不需要多少人來誇讚肯定，
也不需要理會有多少人與我背道而馳。

「啊？」

我和她左右並排站著，傳單從我這邊遞來，她當時沒說甚麼。我疑惑，她想幹甚麼？

她的目光越過我，看向回到原位的婆婆，有點小心翼翼，掩飾著自己的視線。

「她好像只剩那三份了，發完應該就可以收工了。」

我愣了一下，忽然有些慌張地拽起口罩戴上了。

我不知道該回答她甚麼，不記得是否真的回答了甚麼，好像草草「嗯」了一聲，又好像沒有。綠燈亮了，我和她互道了再見之後分道揚鑣。

一時竟然甚麼話也沒有，慣常胡思亂想的腦袋忽然安靜了下來，只有一種模糊的、無法形容的感動。

我忽然想到，她就不怕我笑她天真？費盡心思地去幫一個與自己毫不相干，且純粹在打工的人？

雖然這麼想，但心中沒有一點笑意，反而肅然起敬。我當然知道替別人著想、關心各個階層的人是好的，但總覺得這些都和真實的社會隔著一層甚麼。

小時候喜歡看動畫片，裡面不乏一些樂於助人的場景。還記得總看到年輕人扶老爺爺老奶奶過馬路，於是想著長大以後也要樂於助人，為此躍躍欲試。但真的長大了，卻又不敢了。

因為我從來沒有見過有人扶著爺爺奶奶過馬路，於是我退縮了，把那隻打算從人群裡邁出去的腳收了回來。於是，我以偏概全地認為，關心陌生人不是甚麼讓人開心的事。

我想，他們都不做的事，我卻做了，會不會被嘲笑？會不會被說裝腔作勢？今天，我也這樣為我的朋友想著，儘管只有我聽到了她的話。

她看向婆婆的眼神，我想我永遠都忘不了。

心中漲滿了東西。如果，我當時把傳單接過來了該多好？我以為的「長進」，卻要害別人多辛苦一會！我忽然想起來，第一次搖頭拒絕之後，她並沒有收回去，仍固執地舉著。

是我錯了。

其實問那麼多做甚麼？只要自己開心，受幫助的人開心，這就夠了。不需要多少人來誇讚肯定，也不需要理會有多少人與我背道而馳。

突然羨慕起她來了。她這類人，沒有被任何東西蒙蔽人與生俱來的同情心，不怕被人笑，不怕被人說惺惺作態，始終相信自己。

管他天真可愛還是笨，收一次傳單又有甚麼關係？

模仿

為甚麼有人會願意捨去自己，

努力將自己變成另一個人？

有天去了親戚家，那邊有很多小孩，三個。

晚上總是習慣讓許許多多白天的記憶充盈腦海，我在黑暗裡躺下，手枕在腦後，瞪著天花板愣神。

那幾個也沒有要睡的意思，開著座談會似的嘰嘰喳喳沒完沒了。

「媽媽，你知道馬雲嗎？」那個小弟弟忽然衝房外大喊。

「我看到馬雲開直播了！」

他的媽媽發話了：「馬雲怎麼會開直播？那是假的馬雲。」

頓了一下，小弟弟繼續說：「我看到馬雲……」後面的音量漸漸低了下來，我躺在客廳的寬闊沙發上，並不能聽清。

假的馬雲？且不說弟弟看到的馬雲是真是假，但我想，如果是真的，那要何其地相似，才能混淆這麼多人的視聽？那個人又要花多少的心思來模仿？

好像……真的有很多這樣的人。還記得小時候看電視，有一個節目叫做《開門大吉》，印象中是讓參加者連續猜歌，猜對收錢，一旦猜錯分毫不能拿走的節目。每當參加者猜完一首歌，就會有原唱歌手的模仿者出來唱幾句。

小小的我縮在奶奶懷裡看著，一邊想著唱得真像，一邊又為他們感可惜，等這麼久就只為了唱幾句歌詞。我不知道別人如何，反正我從來沒有記住過他們中的仼何一個，只曉得有那麼些人模仿誰誰誰的歌聲很像。

還有爸爸愛看的電視劇，都是甚麼解放戰爭、民國初年，打打殺殺的。我記得裡面但凡需要有演員飾演知名人物，那些演員的長相都和歷史上那些人極其相似。

怎麼會這麼像？到底是負責人千辛萬苦找來的，還是有演員肯整容，獻身電視劇製作？

不論哪樣，我都認為成本太高了——前者對製作方，後者對演員。

問來問去，其實只有一個問題：為甚麼有人會願意捨去自己，努力將自己變成另一個人？

這個問題百思不得其解——付出自己的歌唱風格，如《開門大吉》的模仿者；付出自己的相貌，如電視劇裡飾演名人的演員——到底為甚麼為甚麼為甚麼？

他們會引以為傲嗎？為自己能夠與另外一個受歡迎的人如此相似？為能夠因為另外一個受歡迎的人而出現在大眾眼前？

我不知道他們是否快樂，也從來沒有想過要效仿他們。只是覺得，像這樣把自己原有的光芒硬生生改變顏色，達到了被籠罩在另一束強光下不顯突兀的成就，實在令人覺得惋惜。

因為人們看見的，從來只有模仿者頭頂上，閃著光芒的被模仿者。

我倒更願意相信演員都是千辛萬苦找來的，即便千辛萬苦，也從來沒有人放棄過自己。

一如塵埃

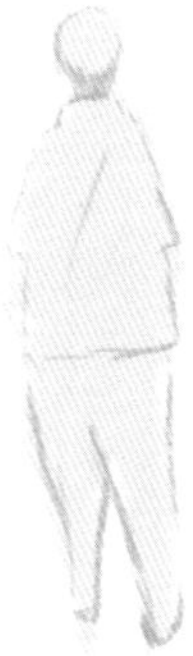

看著昔日的自己，惱怒之餘也會暗暗欣喜，
為有人在乎自己而感受到生命的價值與樂趣。

真的很不喜歡英文。

在風光正好，良辰美景之下，居然要逼著自己看完一大篇英文篇章。但沒辦法，也只有看，畢竟再怎麼不喜歡都要學習，再怎麼不耐煩也要交作業。

翻著翻著，一句話令我停下了所有動作。

這篇文章是關於手機支付，文章裡說：有的人認為這讓他們覺得隨時被監視，私隱不受保障，害怕這種時時刻刻被窺視的感覺。

也是，人人的資料都放進手機裡啦，各種需要花錢或者身分識別的時候，都要通過各種程序，像掃描二維碼支付。個人資料是不是真的還能好好藏在自己心裡？可是我忽然想到，這些就算讓人知道了，又有甚麼關係呢？

除了黑客會不請自來盜用人的私隱之外，就只剩想幹壞事的人了吧？希望用別人的身分做出傷天害理的事，卻不用承擔責任。除此之外，哪個陌生人又在乎你到底是誰，甚麼國籍、甚麼身分？能讓人興致勃勃刨根問底的，大概也只有公眾人物了。我何德何能，能讓別人專門來盜我的私隱？

最近又到了季節，木棉開始四處紛飛。我知道它們都不一樣，是大樹誕下的許許多多嬰孩。但每次在街上看到，卻覺得每一顆攜著木棉的種子都是一樣的。白茫茫一片，相似的木棉自空中飄蕩而下，沒人想去探究到底誰是誰，誰差點被鳥兒一口吞掉，誰又不幸沒能跌進土壤……我都不知道。塵埃之於人，人之於塵埃，何嘗不是相似的？

心裡忽然塞滿了不知所云的渺小與敬畏。人這種生物，雖然雙腿站在地上，用腦袋統治世界，卻也與其他的生物沒甚麼差別。我們看其他國家的人，個個都是一個模樣；動物看我們，其實也是一個模樣吧。

向日葵每日只看著太陽，看它的一舉一動、一顰一笑，在金燦燦的陽光下才能精神地直起腰桿。

因為它是向日葵，它和它有這一字之緣。

會興高采烈把人以前拍得灰頭土臉的照片翻出來的，大概只有相熟的朋友了。看著昔日的自己，惱怒之餘也會暗暗欣喜，為有人在乎自己而感受到生命的價值與樂趣。

父母會捉著親戚口若懸河地說你小時候的事，有的親戚一臉羨慕，有的一臉不耐煩，有的一臉無奈。不管那是甚麼表情，聽過之後就過去了，沒有人記得，也沒有人在意。

像是一隻居住在海裡的蝦，高高興興地和住在河裡的蝦聊著海的遼闊、海的美麗、海的……另一隻蝦沒有住過海裡，只對它嗤之以鼻。

對於沒有認識過你的人，關於你的任何事都是毫無價值的；但認識你的，卻又挖空了心思想來了解你。

因為愛，因為緣分，甚至因為仇恨，人之間才會互相了解。不管因為甚麼，總比一個人孤獨終老的好。不管好的壞的，總要有一點念想，一點活過的證明。

珍惜

總是聽說生命珍貴、無論如何都不能放棄，卻總是不能體悟其中不知算不算高深的道理。我一直處在這道理照不到的角落，明明看得見也聽得懂，卻無法享受它帶來的喜悅，無法親眼見證生命的蓬勃。

直到今天，老師給我們講了一個故事。

那是通識課。已經忘記緣由了，她忽然說道：「我想起來我的一個朋友，她是因為腦癌死的。」

生死總是令人敬畏，特別是對我們這樣還未經歷過的半大小孩而言。離人人都必須經歷的那一天還遠，那好似是永遠無法觸及的、屬於他人的悲傷。全班頓時靜默下來，好似怕勾起老師傷心的回憶。

老師臉上卻不見悲色，只是帶著懷念，像在記憶堆裡翻找著沾染上灰的那一段，慢悠悠地說道：「很久之前了，她離開已經有許多年了。」

那對我來說，是一段離奇如小說情節的故事。老師友人的腦癌長在十分難切除的地方，最後幾經波折，終於成功切除那個險惡的小東西，這之後還要不停地做手術。雖然命是一時保住了，她卻丟失了一些記憶，新的事情很多都不記得了，偶爾會忘記很重要的事，比如突然不知道家在哪。

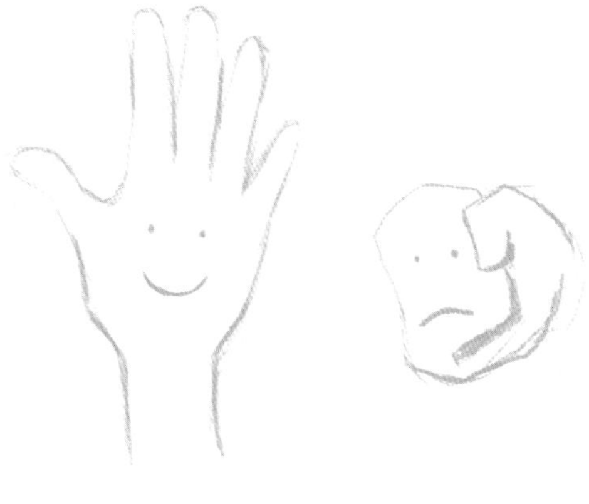

正如生命在於享受，而不是緊緊抓著自己沒有的不放，
硬生生把自己變成了怨天尤人的模樣。

「她很多事都不記得了，但記得我這個從小玩到大的朋友。我已經很久沒和她見過，那次聚會她卻說還記得我。」

她在最後的時刻，邀請現在和從前的朋友舉辦了一次聚會，最後再開心一次。

每個人死前都有各種大大小小未了的心願，我想這就是她最後想做的了。我忽然覺得心裡悶悶的，好似甚麼堵在胸口。

一個同學插嘴道：「這個樣子還不如直接死了好！」

是啊，很多都忘記了，這怎麼可以？一如隕石，只有劃破天際墜落地球的那一刻是極耀眼、極美麗的，看見的也只是少數人而已。等到它變成了一塊醜石，就只剩下那少數人還能說出它曾經的美麗，而它也只能在隻言片語中享受自己活過的痕跡。可是，要是連它自己也不記得了呢？

我彷彿覺得自己是後到的年輕人，正圍著老師聽那不長不短的一生。一節課，甚至不到一節課，一個人的生命盡數化成文字，自另一個人的口中緩緩道來，那樣飄渺而不真實。輕柔地拂過耳畔後，只剩下一點若無其事的淡淡哀傷。

「哎呀別這麼說，她很開心的！」老師衝說話的同學說道，「她很享受和別人聊天啊，還能一起玩……你們大概不懂。」

理論上來講，其實我是懂的。能活一天是一天，不管還剩下多少，生命總值得珍惜，這是我常聽的。可是，從我自己的角度看來，卻還是不解。

看著別人仍舊健康、能跑能跳的身體，她不會悲傷嗎？聽著別人一口氣流暢講予人聽的記憶，她不會不甘嗎？

「她很快樂的。」

心裡一直想著這一句，忽然有淚意湧上來。我忍著差點奪眶而出的淚水，猛地明白了甚麼。

花兒在於欣賞，而不是研究哪朵比哪朵更美；泉水在於飲用，而不是比較哪裡的更美味；正如生命在於享受，而不是緊緊抓著自己沒有的不放，硬生生把自己變成了怨天尤人的模樣。

生命就只有那麼一次，何不快樂地活著，反而要怨憤地活著呢？

我忽然從近日「山大」的壓力中解脫出來了。逼近的考試、文憑試校本評核部分、甚至是我平素喜愛的寫作，我居然愈來愈消極，愈來愈覺得自己悲慘。

我開始逃避，開始覺得自己好像一個不堪重負的小孩，甚至開始怨恨，開始找著造成這個局面的罪魁禍首，卻發覺那是我自己。

我竟一直是仰著頭的，於是，下雨時被糊得滿臉，下雪時也被糊得滿臉，走路時看不清前路，於是又跌跌撞撞滾了一身泥。

可是我不曾見過腳下踩的，那綠意盎然的草地和芬芳的鮮花，甚至下過雨未乾的泥土。

都是我所擁有的，美好的東西。

藉口

我早已發覺自己偶爾不能瞬間聽懂別人說的話。

或含混的，或快速的，或在吵鬧環境中的聲音。不是聽不清也不是不能理解，是突然一下大腦變得混沌，聲音在神經中輸送不及，沒搞懂那人說的是哪個字、哪個詞。我甚至還是能潛意識記住發音，不由自主地回想。

這是一件很尷尬的事情，當你發出那聲疑問的「啊？」或是「甚麼？」後就突然回過神來，那之後又不好意思打斷別人正在重複話語的唇齒，只能滿心愧疚地讓人浪費口舌了。

今天要回校上面授課堂，輪到我們級早起了。我一直覺得這會是很糟糕的一天，因為要準備兩個科目的練習和作業。我知道每當這個

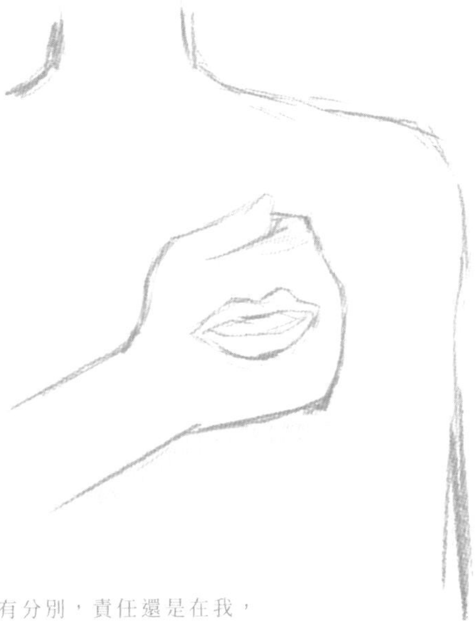

說與不說其實沒有分別，責任還是在我，
並不會因為這樣的「事出有因」，錯就變成別人的了。

時候總會收不齊，而那些缺這個、少那個的人裡偶爾會有我。

但也沒有辦法，總要上學，總要面對。於是我懷著滿漲到令人心煩的憂慮，勉強自己閉上眼睡去。

說起來我不是一個容易釋懷的人，總愛把一些無關緊要的事情放在腦海中反反覆覆。

我帶著失眠後的疲倦回到學校，等到了那兩科中的一科。那是中文，要準備的練習和作業真的不少，是讓人在一堆紙張中慌亂得左顧右盼，生怕漏掉某一份的程度。是意外，又似乎是意料中，我的確不是交齊的那些乖學生。

舉手等著記名的空檔，耳邊傳來同學模糊的聲音，我沒太聽清，那時我正在用僅剩的左手，在一大堆白得刺目的紙張裡找需要的那一份。老師說的那句話卻一字不漏地傳進了耳朵：「不用解釋了，有同學能夠帶齊，證明你們能做到。沒有帶的說甚麼都是藉口。」

啊，是啊。

其實老師也是不容易的吧。這麼多學生，每個人都要交。老師拿著這一大堆資料已經夠厭煩了，還要一個個催著，費力不討好。

以後小心一點吧，我在心裡默默對自己說。

最後一節是生物課，是需要帶練習和作業的另一科。這是在上一節課未結束時我對它的唯一介懷。

因為是最後一節，我愉快地捧起文件夾，餘光瞥到身旁同學手裡拿著的白色。我猛地想起了甚麼。是的！老師說過的！今天要做實驗呢！早在一星期之前就提醒過，要帶實驗袍。在這之前，我一直沒能想起把那件大衣帶回家的片段，於是心安理得地認為，一定是自己放在學校的儲物櫃裡了。我懷著最後一點希望打開儲物櫃，裡面卻沒有我想看見的東西。

不知怎麼形容，當時真是慌亂極了，愧疚極了。

啊！我忘記了。不光忘記了今天要做實驗，也忘記了那件還包在塑料袋裡、沒有穿過的衣服。

我瞬間想到了最差的結果，大概是被記上名字，禁止做實驗了吧？

我強裝鎮定地跟著人群走進了實驗室，強裝鎮定地走近講台，強裝鎮定地開口：「不好意思老師，我忘記了帶實驗室的衣服——」

「要小心。」「——我以為我放在了學校。」

我急切的聲音和老師的撞在一起。周圍很吵鬧，我聽到模糊的音，並沒有反應過來老師說的是甚麼。

老師皺了皺眉，重複道：「小心些。」

我愣了愣，回過神時已經下意識地回了一句「謝謝」，並退開到一邊。短短三個字在我腦內迴響。良久，我才反應過來那是甚麼意思。

就這樣？

只有這樣而已？

等拿了膠手套慢慢戴上的時候，我才回過神來，頓時想起中文老師的那一句「說甚麼都是藉口」。

心裡的羞愧猛地像燎原的星火般蔓延開來，因為那一句急切的辯解。

為甚麼要加上那句「我以為在學校」？那種不負責任的、想要撇開關係的急切的語氣。事實就是這樣，事實就是我太懶，不願去確認不靠譜的記憶，等到臨頭的那一天才醒悟，但毫無意義。說與不說其實沒有分別，責任還是在我，並不會因為這樣的「事出有因」，錯就變成別人的了。

老師啊，教導過許多學生，看過學生太多的劣行了，早在皺眉的剎那明白了我的想法。

還小，這已經不是理由了。任何人都該為自己的過錯承擔後果，無關年紀。像這樣拼命地想要把自己的過失推出去，只會讓人厭煩而已，未來也一樣無法取信於人。

我忽然明白了老師看似毫無理由的寬恕。其實，又和他有甚麼關係呢？他的實驗袍好好地穿在了身上，我沒帶是我自己的事，要承擔後果的只有我一個而已，於是老師只說「小心」。

孩子才會怕母親風雨欲來的表情，孩子才會覺得那便是災禍的全部。但當一隻成年的獵豹，或者斑馬，隨便一隻甚麼動物病倒，甚至死亡的時候，哪裡會有不相識的生物為牠們感到哀傷？又哪裡來的機會，讓他們把自己從泥地裡揪出來，再訓斥自己一次？

這天，我真真切切地感覺到，長大了。

頭髮

昨天夜裡沒由來地失眠，於是還沒到入睡的時間，就開始覺得睏。

頭髮還是濕答答的，搭在肩上緩緩地淌著水，打濕了睡衣，留下深色的痕跡。

我發著呆，思緒飄得很遠很遠，似乎覺得時間停止了般悠遠寧靜。我不是喜歡快節奏的人，偶爾會像現在一般突然發起呆來。這其實是很愉快的一件事，這一刻不需要任何防備綳緊，任由靈魂穿梭於今朝與明日。

終於回過神時，發覺視線定格在噙著水的髮尾，偶爾幾根尖細的尾端微微翹起，是平日那樣平凡普通的弧度。我眨眨眼，正想拿起吹風機，忽然看到一根不那麼正常的頭髮，其實我也不知道該說是「一根」還是「幾根」。

那是一根分叉了的細絲，末梢像花瓣那樣散開來，不是僅一分為二。我從沒有見過分成這樣多瓣的頭髮，好幾條黑絲聚在一起，似要自某個令人畏懼的地方逃竄出來。

太久沒有剪頭髮了。我捉住它，將那一小節輕輕拔斷。上次是多久以前？已經記不清了，那次心血來潮想剪個短髮，但從小束著馬尾，誰也不知道短髮的我會變成甚麼樣。最後還是沒有勇氣，剪了個堪堪能紮起低馬尾的長度，綁著掃把一樣的髮型去了學校。

年少輕狂，總會有被磨平稜角的一天。

念及此，我不由得低低笑出了聲。挺傻的，我想。

我還記得當時同學起哄著要我放下短髮，那些看熱鬧不嫌事大的面孔，真是……

我回過神，手裡仍舊捏著那根頭髮，那根四分五裂的、從我身上長出來的怪胎。我數了數，似乎有五瓣，又似乎是四瓣，太細了，數不清。

我覺得驚訝。從來沒有留過這麼久的頭髮，於是這回才讓我驚覺，原來我的髮質也不怎麼樣。要知道，我以前偶爾會以髮尾沒有分叉為榮。

所以不管是甚麼，時間久了，都會慢慢顯

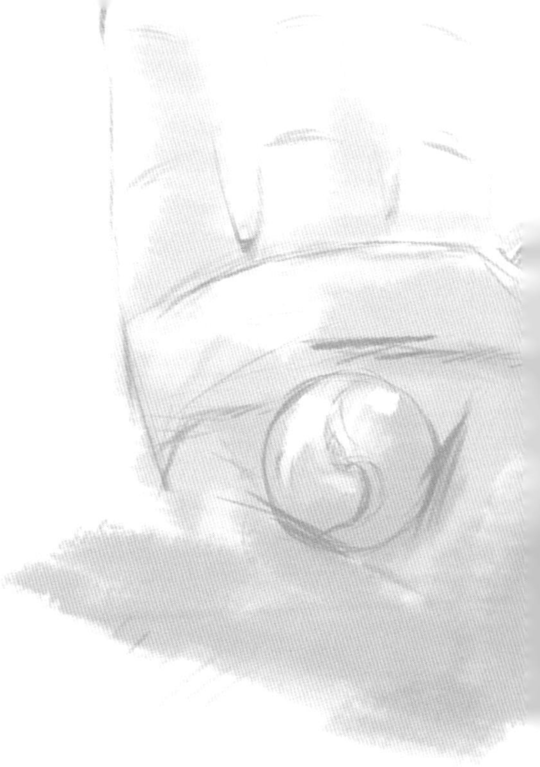

出隱匿著的劣根性吧。

像小孩被人教訓得淚流滿面時，要麼真的在懺悔，要麼在想「我以後一定不會變成這樣的大人，我要好好對自己的孩子」；但這麼久了，現在很多大人仍舊這麼對他們的小孩。

或許是生活，或許是時間，或許是家庭因素，總之把他們體內那些煩躁的基因都磨出來了（當然，也有循循善誘的父母）。

我會變成甚麼樣呢？胸腔突然湧上一陣悲哀與嘆息，不知何因。是時候學會珍惜了，我在吹風機轟鳴的風聲中想。年少輕狂，總會有被磨平棱角的一天。

眼前浮現那些看熱鬧不嫌事大的臉。

北極光

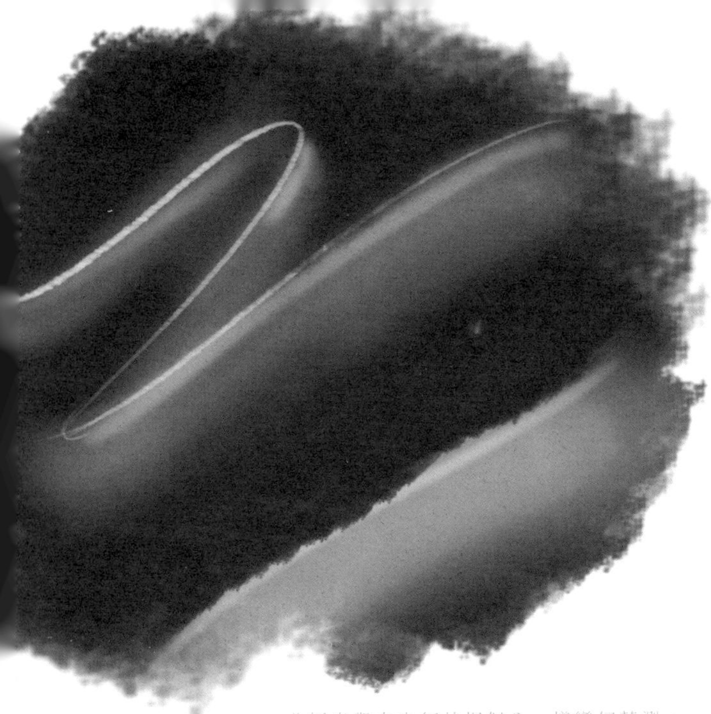

北極光與未來何其相似？一樣變幻莫測，
一樣美得驚心動魄，一樣令人抬頭仰望。

其實想要怎麼樣的未來，我還沒有想法。

今年已經中四了，似乎距離「一個人」的未來也沒有多長的路了。去年暑假選科其實還沒有太確定的方向，只是理科似乎比文科要穩定，於是沒怎麼考量，就填上了選科表。

家人說，希望我以後能夠成為醫生。

醫生！多偉大的職業，在其下撐著的，也必定是常人所難以達到的專業吧。關於這點，我所聽過最聳人聽聞的話語是：狀元都被刷下來了。我只能說努力一試，並且盡量瓦解家人過高的期望。

其實我是很「隨便」的一個人，但說實話，誰又真的喜歡每日拼搏的日子？

不怕人笑，我曾經幻想過的美好未來，是能夠一個人宅在家裡，聽著音樂，慢慢哼著歌，寫寫日記，寫寫文章，畫些畫，再和朋友插科打諢……一天就這麼過去了。

說起來，這個好像叫自由職業。

但太不現實，生活首先就會給我當頭一棒。這麼懶散隨意的生活，吃甚麼？住哪裡？簡直就像自己決意飛到了外太空，還期望著真空的宇宙能飛來香噴噴的漢堡。現在想起來，覺得也就是想想罷了。

那我到底會變成甚麼樣呢？是真的能夠戴著口罩問著診，寫著沒人看得懂的外星文？還是在家寫寫畫畫？還是隨便找個和專業對口的職業？

有時候覺得，未來真像北極光。雖然我沒有親眼看見過，但平面照片中的它依舊讓我驚豔，五彩的，絢麗的，在空中彎繞出那麼層層疊疊交錯的曲線，像極了滴入水的墨。或許是誰在天上造物，不小心將濃墨灑下，於蒼穹混成一片。

它沒有固定的色彩或形狀，只是隨心所欲地美著，但無論怎樣的它，都讓人驚訝、迷醉。下一秒會如何變換，人們都不會預料到吧。

與未來何其相似？一樣變幻莫測，一樣美得驚心動魄，一樣令人抬頭仰望。

攝影師

這天很熱，我背著大背囊在車站等車。不知道是我真的錯過了，還是應用程式顯示的等待時間出錯，等了許久仍不見有車。

雖然沒有急著回家，但也無事可做，只能枯坐著，曬著太陽望著車來的方向。從來沒有等過這麼久的車，煩悶像是米飯那樣層層堆積、緊緊粘在一起，甩也甩不散。

終於上了車，但沒有風的車廂還是不能讓我的情緒好轉。習慣性地跑到上層第一排坐下後，我把視線投向窗外，恰巧看到了一個站在草叢裡的人。他拿著一部相機，正在對著面前的花草拍照。

車還在行駛，景象一閃而逝。

我眨了眨眼，伸長脖子想再看一眼，卻沒能看見。我忽然想，怎麼會有人專門來馬路旁拍花花草草？別處那麼多綠色植物、豔麗鮮花，怎麼偏偏跑來這裡？腦中開始浮現疑問，原本的不快忽然一掃而空。

攝影師是幹甚麼的？知識匱乏的我給不出一個標準答案，但隱約覺得該是捕捉美的、引人注目的、不引人注目的，用各種角度光線勾

一如這些落下的枯葉、撒落的種子那般，
雖然不至於完全身不由己，但要改變也是萬分艱難。

勒出事物最美好的一面。不知道那個攝影師怎麼想，我卻可以找到自己的答案。他是否就是想要拍這些沒有人會注意的植物，將它們從未被人發現的美留下，好好在他的相機裡永存？又或許這些美麗會被他拍得更加動人，相機已經不能封住它們，於是又讓人沖曬出來，貼在簿上或掛在牆上？

我忽然有些同情那裡的植物了。或許再平常不過，或許城市難得一見，不管甚麼，它們不幸地種植在角落，在一個不起眼也得不到關注的地方。於是終其一生只能孤芳自賞，甚至要忍受轟鳴的車輛和難聞的尾氣，要是還沒有一個人懂得留意、欣賞它們，那多委屈啊！大概這位攝影師，是它們命運中的幸運吧。

最近看到一句話：「橘生淮南則為橘，生於淮北則為枳」，大概是說環境對於事物的塑造極為重要。我不是攝影師，不是甚麼愛園藝的人，也沒有去看過那些角落裡的花花草草。生在馬路邊，會否和其他植物有些許差異？它們會不會知道自己與眾不同？那麼到底它們是人事不知地快樂著，還是清醒地自卑著？

不管怎樣，植物總是沒有腳，無法選擇環境。而動物呢？其實也並不存在甚麼優勢，誰能自個兒決定要在哪個娘胎裡長大？

那麼……我呢？我是甚麼樣的人？將來會變成甚麼樣？一如這些落下的枯葉、撒落的種子那般，雖然不至於完全身不由己，但要改變也是萬分艱難。我只見過同學、朋友、老師、家人，是準備著將要飛向空中的蒲公英種子，沒有見過小鳥，沒有見過小貓，也沒有見過小狗。將來是落在風水寶地札根，還是被某隻動物打呵欠時一口吞掉？無人知曉。

只願那時，能有一個攝影師為我拍照，讓我佔去一張相片的大半。

忍

未來對於現在的我來說像是寒夜，我窺不見其中事物，也沒有能夠抵抗寒冷空氣的強悍身體。

今晨迷迷糊糊刷著牙，從假期的床上一躍而起，跳到電腦前上網課，真不是一件令人愉快的事。

正埋怨著，忽然聽見媽媽教訓弟弟：「你剛剛為甚麼不起來？為甚麼包在被子裡浪費時間？」

弟弟小聲說，「因為冷啊！」

還冷著呢，我想。讓這麼小的孩子從溫暖的被窩爬出來，的確需要勇氣。我仍未清醒，思緒飄忽如隨風旅行的蒲公英種子。我忽然想到自己，如果再冷一些，該怎麼戰勝這種可怕的清晨冷意？大概只能忍著，盡快穿上厚衣服來代替被窩吧。

誰都沒有辦法在寒冷的時候，從溫暖的庇護所探出頭，毫無防備地奔向不知在何處的溫暖棉衣。這需要勇氣，也無可避免。

不想進入寒冷，不想離開家這個庇護所。未來對於現在的我來說像是寒夜，我窺不見其中事物，也沒有能夠抵抗寒冷空氣的強悍身體，那能夠怎麼樣呢？

這個過程是艱辛的。人人都必須養活自己，於是人人都必須忍受，像是剛從被窩鑽出來那樣，寒意一瞬間將人包裹，凍得心裡直想打退堂鼓。

要去哪裡？要做甚麼？迷茫中人們摸索著方向，四處碰壁，開始心灰意冷，但也羨慕那些在這樣的環境中依然自如的前輩，於是咬牙堅持。

離開溫暖，尋找適合自己的那一件棉衣。

但很痛苦的是，衣物不是本來就帶著溫暖，它需要體溫來捂熱，這意味著必須再忍一陣。我偶爾會對自己說：再一會，一會就好了。

再一會，我就能夠變成移動的暖爐，不會再感到寒冷。

我期待著某天，我也能變成一個大火堆，能把熱度傳給每一個剛從被窩裡爬起來的人。

雛鳥

夏天怎會這樣冷？老師的聲音怎會這樣吵？

我覺得自己彷彿變成了一隻困在球裡的倉鼠，明明眼看著外面的世界，卻無論如何也闖不出去。隔著一層薄薄的膜，雖然覺得吵，卻甚麼也聽不真切，只能看著畫面躍動……

老師忽然叫了我一聲，我忙不迭回過神，方才拼了命也掙脫不出來的東西一下子就破了。唯唯諾諾幾句，聽同學三言兩語拼湊出了答案，就算過關了。

夏天坐在舒服微涼的冷氣房，真的有種令人昏沉的魔力。我靜靜地坐了一會，又回到了自動屏蔽語音的狀態。

實在是太睏了。

我忽然想，這種日子甚麼時候才是個頭？甚麼時候才終於不用昏昏沉沉，裝作自己在聽那些聽不懂的東西，不用有時輕鬆有時艱難地將知識塞進自己的腦子呢？

其實平日這樣睏倦的機會沒有這麼多，只是病毒肆虐，像劫匪那樣在路上見著人就禍害，造成人心惶惶。學校也只好將各個年級的人分開上課，導致今天七點半起床，明天六點半起床。

對我來說，作息實在難調整，別人我不了解，反正自己很晚才睡得著，於是日以繼夜地昏昏沉沉。

說起來，其實也算是一種特別的福氣。等到過了十幾二十年，面對年幼的小孩子，能夠危言聳聽地描述這持續幾年的災難。還能夠說一句，我也是經歷過的人。

趕快好起來吧。我等著哪天能在學校的鏡子裡，看見自己被曬成兩色的臉，想看同學大笑時露出潔白又喜慶的門牙，想和全班一起出去露營，想毫無負累地走在街上，不用再擔心自己的鼻子被口罩壓塌。

呆著呆著，我忽然沒由來地覺得，這樣很幸福。

幸福竟是這樣無孔不入。

我用生鏽的腦袋想了想，發覺讓坐在冷氣房內的我驚覺陽光溫暖幸福的，竟是這小小的教室。此刻教室不是滿的，三十幾個座位只佔了二十幾個，加上老師，就是這教室裡全部活物了。偶爾有同學嘰嘰喳喳插幾句嘴，或中或英，或亂七八糟，竭盡全力也只說得中英夾雜，顯得這學校裡的一隅熱鬧無比。

在這樣的時間，這樣的地點，能夠有一群人陪著吵嚷，實在是幸運又幸福。或許未來真的不幸，或許大家又要整月坐在家裡上網課，那時又會回想起現在的熱鬧非凡和「親密無間」來。

世界上最叫人惋惜的兩件事，無非是「來不及」和「身在福中不知福」。我沒有那雙驚覺自己已身在福中的眼睛，也沒有一顆會把握時機的心，但我既然知道了要珍惜，就不會再讓自己「身在福中不知福」了。

那麼以後呢？

心中又忽然生出一種伴著幸福而來的酸澀。

樹苗終究會長成大樹，種子日後也必定開花。我們雖然在這裡生長，但都像未成熟的種子，時機到了，也必會四散滾落，遠走高飛。

誰飛得高，誰變成大樹，誰開出了花……這些我都管不著，我只知道你們都是好同學，是曾同胞生長過的種子。

不必為生計煩惱，不必想著如何加薪，不必想著甚麼時候給父母生個孫子或孫女……也就是這幾年了，幾年一過，大家就都像一滴水匯進了河流，蹤跡難覓。

我想啊，既然海闊天空任鳥飛，還沒真正到雛鳥的天下，何不一邊努力，一邊分出精力丈量青春？看到底是你更不知天高地厚，還是我更年少輕狂？

總會學懂享受當下。要是小時候想著長大，長大了又夢著回到青春，人生哪會有快樂？

李白一句「人生得意須盡歡，莫使金樽空對月」說得極好，把握當下，趁著年輕，給自己留下好的念想，好在將來一頭華髮的時候，也能笑吟吟地指著相簿，嘴裡含糊說著：「想當年……」

既然海闊天空任鳥飛，還沒真正到雛鳥的天下，何不一邊努力，一邊分出精力丈量青春？

校園作家大招募計劃2020-2021

香港青年協會一直致力推動青年閱讀及創作，多年來出版多元系列的專業叢書。為進一步提升中學生中文寫作的水平及興趣，以及營造校園寫作風氣，由語文教育及研究常務委員會（語常會）支持及語文基金撥款，香港青年協會專業叢書統籌組於2020年9月至2021年8月舉辦「校園作家大招募計劃2020-2021」，鼓勵學生積極參與創作，並將獲獎作品出版成書或發布，將創作實踐。

2020-2021年度計劃報名人數創新高，共收到逾300份來自88間中學的報名表格，由於計劃反應熱烈，為了讓更多學生能夠受惠，今屆有60位學生獲選入圍參與一系列學習、培訓、實踐和比賽活動，包括「寫作訓練工作坊」、「寫作訓練營」和「校園作家選拔賽」。

計劃有幸邀請作家李昭駿先生、游欣妮女士和徐焯賢先生擔任本屆寫作工作坊導師，從寫作大綱到作品終稿，逐步指導同學完成創作。三日兩夜的網上寫作訓練營亦順利完成，大會安排了校園作家分享會和創作交流會，讓學生交流創作心得；另外亦請來作家可洛先生和曾淦賢先生主持作家講座，與一眾校園作家分享小說和散文創作技巧。

經過五位專業作家評審評分後，本屆計劃冠軍香港培道中學尹芯妍同學的作品獲選出版，於香港書展 2021 及市面公開發售，一圓作家夢。

計劃網站

香港青年協會（hkfyg.org.hk｜m21.hk）

香港青年協會（簡稱青協）於1960年成立，是香港最具規模的青年服務機構。隨著社會瞬息萬變，青年所面對的機遇和挑戰時有不同，而青協一直不離不棄，關愛青年並陪伴他們一同成長。本著以青年為本的精神，我們透過專業服務和多元化活動，培育年青一代發揮潛能，為社會貢獻所長。至今每年使用我們服務的人次接近600萬。在社會各界支持下，我們全港設有80多個服務單位，全面支援青年人的需要，並提供學習、交流和發揮創意的平台。此外，青協登記會員人數已逾45萬；而為推動青年發揮互助精神、實踐公民責任的青年義工網絡，亦有超過25萬登記義工。在「青協．有您需要」的信念下，我們致力拓展

12 項核心服務，全面回應青年的需要，並為他們提供適切服務，包括：青年空間、M21 媒體服務、就業支援、邊青服務、輔導服務、家長服務、領袖培訓、義工服務、教育服務、創意交流、文康體藝及研究出版。

e-Giving

青協網上捐款平台
Giving.hkfyg.org.hk

專業叢書統籌組

香港青年協會專業叢書統籌組多年來透過總結前線青年工作經驗，並與各青年工作者及專業人士，包括社工、教育工作者、家長等合作，積極出版多元系列之專業叢書，包括青少年輔導、青年就業、青年創業、親職教育、教育服務、領袖訓練、創意教育、青年研究、青年勵志、義工服務及國情教育等系列，分享及交流青年工作的專業知識。

為進一步鼓勵青年閱讀及創作，本會推出青年讀物系列書籍，並建立「好好閱讀」平台，讓

books.hkfyg.org.hk

青協書室

青年於繁重生活之中，尋獲喘息空間，好好享受閱讀帶來的小確幸，以文字治癒心靈。

本會積極推動及營造校園寫作和創作風氣，舉辦暑期活動、創意寫作工作坊及比賽，讓學生愉快地提升寫作水平，分享創新點子，並推出「青年作家大招募計劃」、「校園作家大招募計劃」，為熱愛寫作的青年創造出版平台及機會。

除此之外，本會出版中文雙月刊《青年空間》及英文季刊《Youth Hong Kong》，於各大專院校及中學、書局、商場等平台免費派發，以聯繫青年，推動本地閱讀文化。

網站：cps.hkfyg.org.hk

語文教育及研究常務委員會（語常會）簡介

致力提升香港市民兩文三語的能力

語常會於一九九六年成立，就一般語文教育事宜及語文基金的運用，向政府提供建議。

語文教師的專業發展：通過發放獎勵津貼，支援語文教師的專業發展。

語文教學顧問專責小組：提升語文教師的專業領導及教學能力。

幼兒早期中英語文發展：透過研究與發展項目及提供專業培訓，提升幼稚園校長和教師的能力，為幼兒提供優質語文學與教及接觸英文的活動。

推廣中文（包括普通話）和英文：通過舉辦及支持各類有關推廣中文（包括普通話）和英文的學界及社區項目，推廣語文教育，以及為學生及在職人士營造更理想的語文學習環境。

研究與發展：推動及支持對香港語文教育發展具策略意義的不同研究與發展項目，以向政府提供有關語文教育事宜的建議。

支援非華語人士學習中文：提高非華語兒童學習中文的興趣；幫助已離校非華語人士提升中文能力，取得資歷架構認可的中文資歷，從而增強就業競爭力。

贊助項目：吸引社會各界基於其成功的經驗，籌辦與語文相關的活動或比賽，以豐富香港的語言環境。

記憶深處的曲線

出版　香港青年協會

訂購及查詢　香港北角百福道 21 號
香港青年協會大廈 21 樓
專業叢書統籌組

電話　(852) 3755 7108

傳真　(852) 3755 7155

電郵　cps@hkfyg.org.hk

網頁　hkfyg.org.hk

網上書店　books.hkfyg.org.hk

M21 網台　M21.hk

版次　二零二一年七月初版

國際書號　978-988-79952-1-0

定價　港幣 80 元

顧問　何永昌

督印　魏美梅

作者　尹芯妍（校園作家大招募計劃 2020-2021 冠軍得獎者）

編輯委員會　鍾偉廉、周若琦、林茵茵、李心怡

鳴謝　謝焯珞博士、唐睿博士、徐焯賢先生、李昭駿先生、
游欣妮女士、可洛先生、曾淦賢先生

執行編輯　周若琦、李心怡

實習編輯　江曦彤、吳瑤晴、曾樂兒、蔡思敏

設計及排版　4res

內文插畫　貓

製作及承印　一代設計及印刷公司

Deep in Memories

Publisher	The Hong Kong Federation of Youth Groups 21/F, The Hong Kong Federation of Youth Groups Building, 21 Pak Fuk Road, North Point, Hong Kong
Printer	Apex Design & Printing Company
Price	HK$80
ISBN	978-988-79952-1-0